妒忌私家偵探社

Miss Doe Detective Agency

since 2010

妒忌私家偵探社

Miss Doe Detective Agency

since

2010

妒忌私家偵探社

Miss Doe Detective Agency

since

2010

妒忌私家偵探社

Miss Doe Detective Agency

since
2010

catch

catch your eyes；catch your heart；catch your mind……

catch 169
妒忌私家偵探社：姊妹花之死

作者：張妙如
責任編輯：繆沛倫
美術編輯：何萍萍
法律顧問：全理法律事務所董安丹律師
出版者：大塊文化出版股份有限公司
台北市105南京東路四段25號11樓
www.locuspublishing.com
讀者服務專線：0800-006689
TEL：(02) 87123898　FAX：(02) 87123897
郵撥帳號：18955675　戶名：大塊文化出版股份有限公司

總經銷：大和書報圖書股份有限公司
地址：台北縣五股工業區五工五路2號
TEL：(02) 89902588 (代表號)　FAX：(02) 22901658
製版：源耕印刷事業有限公司
初版一刷：2010年10月
定價：新台幣 200元

Printed in Taiwan

妒忌私家偵探社

姊妹花之死

張妙如 著

1

雖然，偵探社助手的工作只是嚴去攻讀博士學位之前的一時興趣，而且他也不認為自己還會在台灣久留，不過嚴家家境富裕，嚴自己也在股票投資中賺了不少錢，所以他在劍潭買了間房子，決定搬出陽明山老家，出來獨居一陣子，也省得每日上班往返的疲累。

「小紀，下週六我辦 Party，因為搬新家了，我非常希望妳能來。」嚴誠摯地邀請著杜紀。

杜紀是偵探社的女老闆，三十出頭，未婚，因為觀察力敏銳、懶得出門又愛錢，所以自數個月前起，她也兼營算命業務，把多數偵探社的雜案、小案，例如協尋寵物、逃家的孩子、外遇抓姦等，都交給助手嚴去辦。

「什麼？我都不知道你竟然搬家了！怎麼沒和我說？我可以用我的卡車幫你搬呢！」杜紀說。

「妳什麼時候有卡車？我怎麼都不知道？」嚴吃了一驚，他記憶中，杜紀只有一台小綿羊機車，還是中古的。

「開車傷油錢啊，你的車不但比較舒服，而且你也一直很大方地把它貢獻出來當公務車，我何必告訴你我有台卡車？這裡停車位不好搶，我當然就不要輕易隨便地把車位讓出來……」杜紀的偵探社兼命相館，正位於熱鬧的士林夜市邊緣。

嚴一向很大方。

「妳眞是個……算了！總之我也搬好了，沒什麼好計較的。」

「你的 Party 人會很多嗎？」杜紀力圖裝淡然地隨口問問，其實她心中非常期望這個趴，會是個人肉市場。

「幾個好朋友而已，但我想你主要是要問會不會有成熟帥男吧？很抱歉，我不會給妳製造這種機會的！」

一個月之前，嚴曾經和杜紀有過一時的火花，他原本幾乎決定要對杜紀表白自己的心意，卻被杜紀搶先一步阻止了，從那之後，兩人一直維持著朋友般的規矩。不過，嚴偶爾想起來，還是覺得挺遺憾的。杜紀雖然還未婚，可是她的理想是找一個比她年長的男人，儘快結婚生子成家，而他自己尚年輕，連博士都還沒去讀。

「那有沒有什麼名媛淑女得力拚的？」杜紀問。雖然她已經很久沒有放任自己邋遢了，不過也沒有到天天盛裝的地步。

「那倒是有，但妳要拚給誰看啊？又沒『老』男人出席。」

嚴酸酸地說。

「我的自尊不容許我排最後！告訴我，我是不是名單之中最慈祥的一位？」杜紀有不祥的預感，「如果是，我可不可以懇求你另外辦一個常青組的？」

「妳實在不用擔心！妳現在看起來一點都不比我老！」嚴誠懇地認爲，「而且妳還是……很美……」

杜紀趕緊忙著射殺心中活潑起來的小鹿群，她對嚴也很難忘懷，可是她承諾過耶穌和佛祖，她要做個守本分的熟女，以換得神佛保佑她的眞命天子早日出現。

「好吧！我又能怎樣呢？現在就去打肉毒桿菌好像也還太早，先別太浪費得好，免得以後沒藥醫！」杜紀抽空嘆了一口氣。

嚴的名媛朋友，年紀應該甚至都比嚴小吧？世界眞是無情！她想。

嚴下班之後約了麗莎，一樣是要邀請她來 Party，麗莎是他在美國求學時的好友 James 的妹妹，半年前來台灣工作，其實她是追隨著嚴來台灣的，不過嚴並不知情。

「嚴！你今天終於有空見我了，你這個小氣鬼！」麗莎熱情地擁抱了嚴，親了一口抱怨地說。因爲自從來台灣之後，她只有在初期大約一個月的時間，較常見到嚴，嚴當時幫忙且照顧了她許多新生活的大小事，不過等她眞的安頓下來後，就很少有機會能再約得到嚴。

「抱歉，我工作忙，所以一直沒時間和妳約，妳現在一切都適應得還好吧？」嚴說。

「還不錯，公司美國人多，所以不至於沒有人聊天解悶，也沒有語言問題，讓我還挺安心的，不過我最想見的就是你！我眞的想死你了！」麗莎挑逗地說，「你呢？你在做什麼工作啊？爲何這麼忙？」

「我現在在一家私人偵探社工作，當助手而已，但是我覺得還滿有趣的。」

「私家偵探？聽起來眞的好有意思喔！嚴以後想當偵探嗎？」

麗莎帶著崇拜的眼光看著嚴。

「大概只能玩票性質，我畢竟還有其他事得做，不過我目前很享受這個工作。」

「Cool!偵探耶——說起偵探，倒是令我想起一件事，我前一陣子有收到一封奇怪的信！」麗莎說。

「喔？什麼樣奇怪的信？」

「有人警告說要殺我！不過大概是惡作劇吧，我本來都快忘了這回事，你一提起偵探我才想起來！」

「還是謹愼一點好吧，那封信妳還留著嗎？多久以前的事了？」嚴問，James畢竟是他的好友，他當然有義務要照顧好友的妹妹。

「大概一個月之前吧，不過信我丟掉了，我覺得那只個無聊的惡作劇，信是直接投到信箱的，沒有寄件人資料，也沒有郵票郵戳。」麗莎聳了聳肩，順便晃了晃她秀麗的長金髮。

「下次若再收到，記得通知我，就算是惡作劇也得確認一下，妳若有什麼意外，James大概不會饒過我。」嚴笑著，他突然挺想念James的，想念他們以前一起鬼混的日子。

「放心，一定通知你！倒是你今天突然有時間約我出來，可眞是難得啊！」麗莎眨著大大的藍眼珠說，而且不忘頻頻放電。

「差點忘了！我其實是邀請妳參加我的Party的，我搬去劍潭了。」嚴說，「下週六，有空來嗎？可以帶妮可一起來。」

妮可是麗莎從小到大的好朋友，兩人好到連工作都一起來台灣。嚴自然知道妮可這個人。

「當然沒問題，我會通知她。」儘管麗莎其實更想和嚴獨處，不過她知道，Party總之不會是只有兩個人，所以沒必要阻止妮可同行。

「倒是，嚴今晚有空嗎？要不要……從大偵探改行當一下FBI？」麗莎大膽地直搗黃龍，畢竟，現在能見到嚴的機會實在不多。

FBI——Female Body Inspector，是麗莎求歡的暗語。他們以前在美國也偶爾上床，解決彼此生理需求。

「依照慣例的casual sex？」嚴問。

「要不然你能給得更多嗎？我當然不敢奢求！」麗莎認識嚴也不是一天兩天了，落花有意流水無情，她知道嚴不會輕易給女孩子虛無的承諾或美好的假話，對她似乎也沒有更進一步的慾望，只能當雙方純是共同享受肉體歡愉的良伴，才有可能把嚴弄上床。「君悅飯店，我已經訂好房了。」

「妳動作還眞快！在台灣難道悶死了嗎？」嚴也知道麗莎一直是個性活躍的女性。

「你來不來嘛？」麗莎在台灣似乎學會撒嬌。

「好吧。」嚴回答。反正他和杜紀大概也無望了，他應該死了那條心了，他想。

麗莎滿足地躺在床上喘息，現在的嚴，已經完全是個成熟體貼的男人了，她覺得。今晚可眞是幸運！如果有什麼令她不滿意的，大概就是嚴的心依然不屬於她，這點令她非常遺憾。

不過她問過嚴，嚴說沒有女朋友。

麗莎實在是捨不得這樣輕易就放棄嚴，可是她也沒有什麼好方法了，還好下週六還有機會再碰面！她開心地想著……

2

Party晚上七點才開始，不過杜紀基於老闆員工之間的情誼，提早在五點就過來幫忙。她今天是王牌裝，擠胸露背的性感銀灰小禮服，配灰色高跟涼鞋，世事難料不能大意，她想。

「有什麼需要我幫忙的地方嗎？嚴。」杜紀問。

嚴想起杜紀一向只會煮泡麵，連熬高湯也不會，他當然沒有需要杜紀幫忙的地方，況且今天是西式自助餐型態，餐點早已包給飯店外送了，現在也只是等而已。

「暫時沒有需要妳幫忙的地方，妳要不要先參觀一下房子？」

嚴說。

「當然要！」

嚴帶著杜紀把房子看了一圈。雖然嚴自己有開車，但這房子還挺靠近捷運站的，且嚴把窗戶都重新換過，隔音效果很好，聽不太到外頭捷運或街道的吵雜聲。原本三房兩廳兩衛的房子，也因爲嚴一人獨居，重新改造成兩房兩廳兩衛，主臥室和另一間臥室空間都被擴得更大些。

令杜紀吃驚的是，現在除了客廳和廚房之外，其他地方都沒有什麼家具。嚴的房間甚至只有一張床和一張單人沙發椅，而衣櫃是連著裝潢做好的。

「怎麼這麼空盪？你私人的東西呢？」杜紀問。

「喔，我沒有久居的打算，所以沒搬那麼多過來。」嚴解釋。

「就算沒有久居的打算，這樣也太空了吧？」杜紀現在覺得，自己似乎可以送嚴一個入宅禮什麼的，先前她沒認真想過，她一直自動認為嚴什麼都不缺。

「小紀，趁現在我也該提早通知妳了，我可能很快就要離開台灣了，我決定回美國去讀博士學位。」

杜紀的心猛然打了一聲大雷，她沒想到這一天來得這麼快！像是配合她，屋裡的電鈴同時響起。

「應該是飯店送東西來了，我去開門。」嚴趕緊出去應門。

在飯店的人幫忙之下，所有的餐點飲料很快地都就位了，圍繞在這個客廳和廚房相連的整個空間。

而在這之後，賓客也陸續到來，令杜紀再次訝異的，男女人數幾乎一樣多，嚴並不是只有邀請女性朋友，只是，這裡面當然沒有常青組的。

「嚴！想死你了，恭喜！」麗莎一進門就往嚴身上撲，她甚至親啄在嚴唇上。

杜紀不高興地盯殺著她。這女人是個洋娃娃，而且是芭比的！和她一起來的女伴也不差，簡直像對雙胞胎。真是雙重打擊啊啊啊——杜紀在心中自己迴著音。

嚴和賓客們寒暄後，很快拉著麗莎過來向杜紀介紹，「小紀，這位是我在美國的好友James的妹妹麗莎，這位是她的姊妹淘妮可，還有妮可的男朋友亞倫。」嚴再轉向賓客說：「這位是我的老闆兼夢中情人，小紀，她是位偵探。」

大家都很訝異，個性嚴謹的嚴會這麼介紹自己的老闆，尤其是杜紀，又驚又喜的她，現在心中已經是自然界無法阻止的動物大遷徙了。

「原來嚴有戀母情結。」麗莎狠狠地說。嚴平常不開這種玩笑，女人的直覺告訴她，嚴對杜紀應該相當有心。

「我也不知道美國女人長大後，還會繼續迷戀著高中生活呢！」杜紀也不甘示弱地回應，雖然她無意傷害妮可，可是是麗莎先攻的，而她和妮可的樣子，確實活像是美國女高中生的姊妹團體，儘管各自打扮入時，卻人人顯得差不多。

這兩個女人馬上對上了。

而嚴有其他賓客要招呼，早就得分身走開。

麗莎開始後悔把妮可帶來，讓自己顯得毫不獨特。不過她評估，嚴和杜紀應該還不是一對，可能甚至都還沒上床，要不然，她自己上星期是不可能有機會的。

「嚴很迷人，不是嗎？尤其他的床上功夫可真是令人難忘！」麗莎的眼睛看著招呼客人的嚴，故意這樣對杜紀說。年輕畢竟氣盛，麗莎去年才剛從大學畢業而已。

「耶穌，瑪莉和約瑟夫！這種事也要分享告解出來嗎！」杜紀之前的喜悅感果然完全消失殆盡，她眞想殺了身旁這個芭比！也開始極度後悔，自己爲什麼要放走嚴？她是天下最大的白癡！現在想來，即使是一時的男歡女愛，在這種時代中，也沒什麼大不了的啊！她是在做什麼聖人或香客？白白失去這麼秀色可餐的佳餚，她也想要肉體上的西方極樂世界啊！

麗莎內心在偷笑，果然被她料中，這個小紀和嚴還沒走到那麼遠的地方。看來，她還有機會。

稍晚，賓客漸漸一一離去，只有麗莎和杜紀還雙雙撐在那裡。麗莎稍早已打發掉自己的好友妮可，因爲她希望，如果自己今晚不能留宿下來，至少嚴會紳士地送她回家。

而杜紀當然決定要當糾察隊，她不要麗莎對嚴伸出魔爪！

啊！現在終於能體會劉昕的心情了。杜紀突然想念起劉昕，如果劉昕也在場，肯定不會猶豫地站在她自己這邊，和她共組最嚴密的護衛隊！劉昕是杜紀在上個案子中認識的朋友，他是個暗戀著嚴的Gay，現在在獄中服刑。

「嚴，我又收到恐嚇信了，上星期三！所以我才特別留下來和你談。」麗莎先攻。

「妳有沒有把它帶來？又是沒寄件者、沒郵票的嗎？」嚴緊張地問，「這次寫了什麼？」

「『妳死定了，賤人！』我沒帶來，不過也沒丟掉，因爲我想說不定你可以查指紋，所以不敢亂動它。」麗莎接著又一副驚恐憂慮的神情，「嚴，我想是眞的有人想殺我！」

「這一點也不讓人訝異啊！妳是又和多少人炫耀了妳和嚴的完美性生活了？」杜紀反擊。她並不相信有人要殺麗莎，八成是芭比故意製造給自己和肯尼相處的機會，她想。

嚴一陣黯然內傷，杜紀知道他和麗莎上床的事了。雖然他也知道自己和杜紀沒有希望，不過，他還是不願杜紀誤會……

「嗯，我們會儘快找時間過去看看那張恐嚇信。」嚴說。

「不如你現在就送我回家，我也可以把那封信給你。」麗莎有意地說。

「也好，小紀要不要一起來幫忙？」嚴轉身問杜紀。

「不了，我要回去了。」杜紀賭氣地答。

正當杜紀感覺非常失落之時，一件大外套輕輕地搭落在她裸露的肩頭。

「妳自己小心，美女！」嚴微笑著說，「外套等我上班時再拿回就可。」

麗莎見狀簡直要噴出特級妒火，她的記憶中，嚴對她還未曾有主動的體貼細膩到這種程度，「那我呢？我難道就穿得不夠少、不夠美？」

「妳如果會冷，我上車後開暖氣給妳吹。」

但麗莎顯然對這台詞不夠滿意，依現在的季節，根本不是冷不冷的問題……

星期一。

杜紀鳳心大悅，決定送給嚴一個入宅祝賀禮，她昨天逛了一整天的街，終於找到這樣東西，她迫不及待地想送給嚴。

而嚴則準備說服杜紀，讓偵探社接下麗莎的案子，幫忙調查究竟這是不是惡作劇。如果不是，就把這個寄恐嚇信的人找出來，讓麗莎心安，也讓自己對麗莎的義務心安。

他們倆在會議室中，同時要開口。

「喔，你先說吧！大讓小。」杜紀說。她內心暗暗期待著嚴能向她解釋上床的事，她希望證實那是古老以前的史蹟，也希望證實嚴對自己還有感覺。

「是關於麗莎的，我去拿了恐嚇信，也檢查了上面的指紋，結果上面只有麗莎的指紋而沒有別人的。」嚴頓了頓又說：「我想寫恐嚇信的人戴了手套，他是認眞的，這不是惡作劇。」

「當然會只有麗莎的指紋！因爲信是她寄給自己的！」杜紀極不開心地鐵口直斷。

「她何必恐嚇她自己？」嚴不解地問。

「因爲她喜歡你！她要你照顧她、保護她，她要和你有更多相處的機會！你忘記劉昕了嗎？劉昕之前不也是藉故要你查案？」

「可是劉昕的案子眞的發生不幸的憾事了！」嚴說。

「對！他『自己』殺了他父親！」杜紀故意在自己兩個字上加重音。

「不一樣，麗莎接到第一封恐嚇信是在一個月之前，那時我和她完全沒連絡！」嚴試圖要讓杜紀明白道理。

「真的是這樣嗎？」杜紀有一絲絲安心，這樣聽來，他們上床確實可能是過去史，但同時她也覺得很灰心，因為嚴並不放棄照顧麗莎，「你如果想查你就去查啊，我不會阻止你，當作你自己接案！」

「好，我不能不管麗莎，她哥哥是我的好朋友，我有義務照顧她。」嚴說，「希望妳能諒解。」

杜紀無力地趴在會議桌上酗菸，她已經好一陣子沒抽得這麼凶了。

「妳剛剛是想和我說什麼？」嚴突然想起。

「沒什麼，只是有個禮物送給你，祝賀你搬新家的……」杜紀繼續癱在桌上，情緒和稍早已經完全不同，現在是夕陽歸山。

「眞的？沒想到妳這麼節約的人還會送我禮物！這可眞是大驚喜，我絕對不會客氣！」嚴自然流露著開心驚訝。

看到嚴如此高興，杜紀一瞬間又違反自然地立刻日出起來。

「嗯！你要記得感恩回報喔，我可是用我的拉皮基金買的。」

錢都花了，還是要值回票價，杜紀心想。

「什麼時候給我？」嚴問，因爲他並沒有看到辦公桌上擺著禮物。

「下班有約會嗎？如果沒有，我想親自去你新家安裝，這是驚喜。」

「當然沒約會。我沒有女朋友，妳是知道的。那我們下班一起回家。」

杜紀又期待起來，嚴還是對她很好，而且也不承認麗莎是女朋友。她要努力奮戰，她決定！這一次是認眞的。仔細想想，年齡差距眞的不算什麼啊，現在美容醫學如此發達，高齡產婦也比比皆是，嚴家富有，當然支付得了她年年進廠整修保養費啊，她之前是在顧忌什麼？簡直蠢鈍如豬！立刻，她覺得自己是再生轉世了，過去的神佛約定已是前世記憶。

嚴已出門工作，他目前的案子是關於抓姦的，他得去跟蹤委託人丈夫的行蹤。他希望這個案子趕快結束，這樣他就能儘快全心去處理麗莎的案子。他的時間不多了。

而杜紀在辦公室內心思百轉，又再次猶豫起來，嚴就快要去美國了，她眞的要這麼拚嗎？一旦嚴去了美國，想必麗莎也會跟著回去吧？她眞的要這樣沒有明天地拚嗎？而且勝算是多少？

「啊——啊——賭了吧！就拿著我的老臉和未來賭了！大不

了輸了就去嫁鰥夫，又不是世界末日！」杜紀對自己信心喊話。

下班前，嚴回到偵探社。今天很幸運，那個不忠的丈夫，真的在中午休息時間和情婦去賓館幽會，他不但拍到兩人一起進入賓館的親密照，也火速通知了他的委託人和警察，順利地抓姦在床，委託人吵著要離婚，要告通姦，不過，那就已經不是他的工作了，他的職責已經完了。

而回到公司後，嚴還意外發現杜紀火力全開，她身上的衣料也節約非常，今天果然是個幸運日！嚴有點期待，希望杜紀這次是爲了他。

他們兩人在路上買了一些晚餐，一起回到嚴的住處，嚴在廚房把晚餐移裝到盤子裡，而杜紀說她得去嚴的房間安裝禮物，嚴當然沒意見，而且他的期待已進階到限制級的境界——不會是性感內衣的鋼管艷舞吧？嚴允許自己幻想到這麼細節，也不排斥房裡多一根鋼管，反正現在也沒什麼裝潢擺設。

而杜紀在嚴的床上躺了一會兒，盯著床上方的天花板，接著她把單人沙發椅移到床上，再站到沙發上去，用鉛筆在天花板上寫了幾個小小的字。

然後她趕緊下床，把沙發抬下床去回歸原位，接著把她買的禮物安置在床邊，然後拉上房間內所有的窗簾，也關了燈，打開她的禮物，她滿意地看了看，然後關上房間門，出去和嚴會合。

「準備好了！」杜紀走向餐桌說。

嚴有點失望，杜紀並沒有穿著性感內衣走出來。

「喔，那我們是先吃飯，還是先去開我的禮物？」嚴問。

「都可以，你自己決定。」杜紀笑著說，她現在很高興，也很興奮。

「我決定不謀殺我自己，我要先看禮物！」嚴立刻下好離手。

「好，那你得讓我先遮住你的眼睛，因爲禮物已經打開了。」杜紀說完，拿出一條事先準備好的布條。

嚴讓杜紀綁住眼，內心的期待又死而復燃，還加勁熊熊猛烈地燒著。

杜紀將嚴帶進房間，還讓他躺在床上，而且她自己也上了床，躺在嚴身邊。

「可以了嗎？」嚴問著，他的心臟已經快要跳破了。他能感覺小紀就躺在他旁邊。

「可以了！」杜紀拆下嚴眼上的布條。

嚴看見滿天星空。

但不是杜紀笑起來滿天星空的雙眼。

杜紀的禮物是個星空投射機，照射在天花板上，完全是滿天星空的樣子，尤其在黑暗中。

「我的天！謝謝妳，小紀！真的謝謝妳！太美了……」嚴高興地在床上翻過身，謝吻了杜紀，他並沒有要越軌，所以又紳士地離開她。

但杜紀抓住了他，送上自己的唇，雙手緊緊勾住嚴的脖子。

「就這麼一次。」她小聲地對嚴說，「我不要你負責。」

機會絕對難得，嚴撲了上去。

但嚴想起之前麗莎都是自己準備保險套，他平日可沒有隨時儲備這樣的東西！他很注重安全，向來寧捨勿危。

「小紀，妳有保險套嗎？」他撥空問了一聲，但是動作可沒有停下來。

「喔！嚴！你要是敢再停下來，我就要改變主意了！我是個熟女，任何事我都能自己負責的！」杜紀恐嚇著。其實她早計算好，就算懷孕也沒關係，還可能省了日後借精生子的麻煩，而不管將來嚴娶誰，她總可以以子爲貴，進而爭點生活費，這樣不過分吧？她不介意當單親媽媽，她早就該當媽了。

嚴沒有猶豫，心動不如馬上行動。

3

杜紀覺得此生無憾了。

該做的她都做了，而她確實沒遺憾沒後悔。看！她現在還被嚴送來的大批紅玫瑰圍繞著！她多想站在這玫瑰花叢的背景中，細細傾聽麗莎的意見。

和富家公子談戀愛，感覺確實不一樣。

喔，好吧！就算只是上床，也是不一樣。

喔，好吧，麗莎也曾有這種際遇……

杜紀嘆了口氣，終於又回魂了。

而嚴已經開始著手調查麗莎身邊的交友關係了，杜紀既沒興趣也不想參與。

雖然嚴每天都在外面奔波忙碌，不過他下班前總是會回來，他每天都想把自己私人的時間全給杜紀。而杜紀也不再客套壓抑，幾乎每晚都和嚴在一起。雖然不確定嚴的心意，但她杜紀的劇本已經編到母以子貴，後半生至少有靠的安穩情節。

不過，這樣兩人世界的好日子並沒有持續多少天，今天，嚴下班之後，把麗莎也一起帶回偵探社了。

麗莎的右手腕包著繃帶，左腳膝蓋也蓋著紗布。

「有人把她推出捷運站月台。」嚴解釋著，「對方已經開始行動了，麗莎住在自己家已經不安全，這一陣子會先住在我的客房。」

「耶穌！有人說謊！先抓她！」杜紀忍無可忍地對著麗莎說，「妳眞的有必要做到這麼瞎嗎？」

但，杜紀很快就恐懼地看著天，因爲麗莎開始哭泣起來。

「我沒有說謊！……眞的有人要殺我！還好路人發現得早，立刻合力把我從軌道處拉上來……」

杜紀沉默了一陣子，信心開始動搖。

「嚴，你究竟查到些什麼了沒？」她問嚴。

「這我明天再向妳報告，我想還是先把麗莎帶到我住處，妳一起來好嗎？」嚴之所以沒有立刻向杜紀報告調查，是因爲他發現麗莎的交友關係有些複雜，不方便在當事人面前公開討論。

杜紀實在是不忍親眼目睹麗莎住進嚴那裡，可是，她不放心，她不放心麗莎，而不是嚴。

「好吧，我們一起過去。」杜紀說。

麗莎一路上都沒有停止哭泣，而且還靠在嚴的懷中。連杜紀都想把她推出去馬路給車撞！

三人一起吃過晚飯後，麗莎坐在客廳沙發上，喝著嚴泡給她的熱茶，嚴在客房鋪床單。

杜紀盯著麗莎，考慮著該不該道歉。

「妳和嚴上床了吧？」麗莎先開口。因爲她已經發現，最近無論她怎樣勾引邀約，嚴都不爲所動。

「我的床事不用妳關心，謝謝。」杜紀回答。她還是十分不相信麗莎，都如此恐懼被殺了，還有心情想著嚴？

「嚴很快就要和我回美國了，我勸妳死了那條心。」麗莎說。

「他是去美國讀博士，不是和妳回美國長住。」杜紀忍不住糾正她。同時也確認了自己的噩夢，麗莎眞的會追隨著嚴回美國！

嚴從客房走出來，「房間已經準備好了，麗莎，妳要不要先去休息？」

「好吧。」麗莎看了杜紀一眼，她希望杜紀也趕快回家去。

但是感謝麗莎的再度提醒，杜紀眞的覺得她和嚴的時間不多了，她決定留下來，並不是爲了監督麗莎，而是她不想輕易浪費和嚴的每分每秒。

她和嚴在客廳才閒聊了一陣，麗莎就從客房走出來準備使用浴室。

「我的天！」杜紀驚恐萬狀地看著麗莎近乎全裸的走秀，她身上最明顯的布，是那兩片包紮傷口的綳帶！

「別介意，我在美國就是這樣睡覺的。」麗莎走到浴室門口轉頭說。

「我不知道美國人原來拿綳帶當睡衣穿！」杜紀驚魂未定地說著，「世界果然無奇不有！」

杜紀固然不算過分指責，但麗莎也不算說謊，她確實以前在家裡都是如此，只是她美國家的房間裡，有她自己專屬的浴室。

看著杜紀的不安，嚴把她帶進自己的臥房。

「小紀，我不可能會受誘惑的，妳是……天下絕景了，別人無法比……」嚴忍不住想起杜紀那美妙得令人驚心動魄的肉體，但急忙又壓抑下來，「要不然，我和她交換房間，這間房間裡有浴室。」

交換房間？這怎麼可以！這間房間有她和嚴的記憶啊，她不要任何人破壞它！

「嚴，爲什麼要帶她回來住？」杜紀抓頭抱怨著，「那我乾脆把偵探社讓給她住好了，我正式搬過來和你住。這樣她每天在我那兒隨意盡興地和斑比裸奔！」

「我萬分歡迎妳來和我住，但小紀，我得監護她，我得確保沒有可疑人物試圖傷害她，如果她搬去偵探社，我也得跟去，妳了解嗎？」嚴解釋著。

杜紀點點頭，但，十分不滿。

隔天早上，嚴打算送麗莎去上班，再回偵探社和杜紀開會，但是麗莎表明自己已經請了假，而且打算回住處打包一些衣物和日用品。

「我也去。」杜紀主動說，「我已經決定參與這件案子了。」杜紀忍無可忍毅然決定，只有儘快把這件事查個水落石出，她和嚴才有安寧的日子過。

所以他們三人一同前往麗莎在安和路的住處。麗莎在這裡並非獨居，她和兩位同樣是外國籍的朋友分住這一層樓房子。不過現在是上班時間，並無任何室友在家。

「你們先在客廳坐坐，我進房間收拾收拾，很快就會出來，然後我們就可以走了。」麗莎說著，往她的房間走去。

正當杜紀和嚴準備坐下時，卻聽到麗莎傳來驚人的尖叫聲，兩人立刻往麗莎的臥室方向衝，嚴跑在前頭。

麗莎的房間地板上躺著一具屍體，雖然死者面部向下，但杜紀可以猜得出來，是妮可。

「不要動現場！我馬上報警！」嚴說。

他已然是個純熟的報警達人。

4

死者妮可・溫斯頓，美國籍，現年二十三歲，半年前和好友麗莎同來台灣一家美商公司工作，她並不住在這棟樓裡。而她的死因是窒息，有人從背後用現場的電話線將她勒斃，事故現場有打鬥痕跡，不過並不是非常激烈，沒有採集到任何可疑指紋，估計歹徒作案時是戴著手套的。死亡時間粗估為前天晚上十點到昨天凌晨兩點之間。

「妮可前天中午說，她和她男友亞倫吵架了，想去我那裡借住一晚，我答應了她，因為我前晚反正也沒打算回住處住，怎知，竟然會發生這種不幸的意外！」麗莎哭著和問話的員警說。

「妳前晚住哪裡？爲什麼沒有打算回住處？」員警問。

「我前晚去參加一個朋友辦的聚會，因爲那位朋友的家在淺水灣，晚上交通不方便，所以我們許多人一開始就打算留到天亮，我也是其中之一。」麗莎參加的是狂歡轟趴，但她不打算說得這麼明。

「而妳又爲何會到今天早上才發現妳朋友死在妳家？妳昨天一整天，甚至昨晚也沒回去過嗎？」警察懷疑地問。

「我昨天早上從淺水灣直抵公司上班，昨天下午確實想回家，因爲我也累了，所以我早退，大約三點就從公司離開準備回家，誰知我在捷運站裡被攻擊，有人把我推下月台，我連絡了我的朋友嚴，他帶我去警局報案，你們可以查資料。隨後我們又去醫院包紮，後來嚴就建議我去住他那裡，我答應了，所以又沒回住處。」

麗莎回答。

「妳爲什麼會被攻擊？是何緣故？」員警機警地問。

「我大約一兩個月之前，收到第一封恐嚇信，信上沒署名，內容咒我死定了，我當時以爲是有人開玩笑或惡作劇，並沒有特別理會就把信丟了，然後大約兩星期前，我又收到第二封恐嚇信，內容差不多，我開始感到害怕，我的朋友嚴剛好在偵探社做事，所以我請他幫忙調查，那封信現在還在他那裡，而自從收到信之後，昨天下午是第一次被攻擊……」

麗莎突然好似想起什麼，又繼續說：「我現在開始懷疑，搞不好兇手前天就下手了！會不會是他把妮可誤認爲是我，所以……？我覺得很害怕！」麗莎又哭了起來。

「這不是沒有可能，妳的朋友外形上、身材上都和妳很相當，前晚又住在妳那裡，確實有這可能，兇手將她誤認爲是妳而錯殺，然後事後又發現殺錯人，再次對妳進行攻擊……」警員說。外國人的臉，確實經常讓他覺得好像都差不多，他相信全體同胞都有同感。

「妳前天幾點去淺水灣的？抵達之後一直都沒離開嗎？」警員又問。

「我前天下班之後，大約五點多，就和朋友從忠孝東路公司附近，一起搭他的車到達淺水灣，因爲有些塞車，大概七點多才抵達吧，之後就沒再離去，直到隔天早上去上班。」

「我們需要了解一下妳和妮可在台灣的交友情形，請妳盡可能地把你們認識的朋友，尤其是男朋友、親近的友人，可能的仇人等等，都讓我們警方詳細了解。」

麗莎於是說明了她自己和妮可在台的交友情形，給出她自己記憶中的各個名單，在仇人方面，她甚至連杜紀的名字都列上了！

她和警方暗示，雖然她認識杜紀是第一封恐嚇信之後的事，可是杜紀相當不滿她的朋友嚴照顧她，而且她被攻擊是認識杜紀之後才發生，她甚至和警方坦承自己和嚴有性關係，而杜紀也知道。

杜紀因此也被警方詳細盤問。

「那個『必娶』！我怎麼有可能想殺她？」杜紀覺得自己氣到可以徒手捏爆哈密瓜了。

但是警員覺得杜紀現在看起來，就是一副想殺了情敵的模樣，「據我目前所得資料，妳們似乎是爲了一個男人在爭風吃醋，這個男人是妳男朋友嗎？」

杜紀霎時愣在那裡，她不知道該如何回答，嚴對自己很好，可是嚴也從沒說過她是他的女朋友，所以杜紀不知該如何定位他們倆的關係。更可怕的是，從警方的重複問話中，她發現麗莎和嚴上床這件事，並非過去而已。

「我不知道，他沒說過。」杜紀老實地回答，突然灰心起來。

「據我們所知，這位男性和妳們雙方都有過親密關係，而妳們雙方似乎也都很喜歡這個男的，妳難道對這位麗莎小姐沒有一點恨意？」

「但我也不過是這一兩個星期才認識她的，我怎麼可能會在一兩個多月前就去恐嚇她？當時我還不知道世界上有這個人存在！」杜紀理直氣壯地說。

「有可能是因爲妳知道先前有人寄恐嚇信給她，所以妳乾脆抓住機會，利用舊恐嚇信做掩護，趁機攻擊她！畢竟攻擊案和兇殺案都是這兩天才發生的！」警員凶狠地說，意圖嚇唬杜紀從實招來。

「草泥馬的，林族馬不是這種人！我是不知道嚴算不算我男朋友，不過我可是他的夢中情人耶！我何必去殺一個手下敗將？你們去給我查清楚再來問！」

「妳昨天下午三點前後，人在何處？」警員無情地繼續逼問。

「我一人獨自在自己的偵探社做粉紅色的白日夢，沒有證人，滿意了吧？」

就在杜紀氣得快要五臟俱裂，灰心得快要爽快承認自己是兇手之時，一位律師到場了。

「對不起，我的當事人杜紀小姐，有權拒絕回答任何問題。」律師冷酷地說。

嚴幫杜紀找來了律師。因爲他自己也從警方問話的過程中，嗅到不妙的氣氛，而杜紀的口德他是知道的，估計杜紀有可能把狀況搞得更糟。

「嚴！」杜紀一出來就往嚴懷裡去，她覺得好委屈，也覺得很感動，嚴竟細心地幫她找了律師！

「抱歉，都是我的錯！」嚴伸手緊抱著杜紀。

「我算不算是你的女朋友？我連這題也回答不出來……」杜紀突然像個小女人，委屈地哭了，這不像她，這眞的不像她！她想，不過她現在眞的充滿了自憐情緒。是嚴給她這樣的機會嘗試不同角色。

「妳當然是我的女朋友！也是唯一的一個！」嚴看著杜紀的雙眼，肯定地回答。

不過，嚴自己都不知該怎麼辦了，他不滿麗莎將箭頭暗指杜紀，可是他還是覺得自己得繼續保護麗莎的安危，兇手已經出現了，他更不可以在此時棄麗莎不顧。

而現在，在偵探社的會議室裡，杜紀又在發瘋。幸好麗莎白天還有工作，不需要嚴全天候看護。

「一定是麗莎！一定是她自導自演甚至不惜殺了她的朋友！」

杜紀已經失去理智了。

「小紀，冷靜下來，麗莎和妮可是自小一起長大的好友，她不會殺她的。」嚴說。

杜紀深深吸了一口氣，逼迫自己靜下來，雖然此刻和芭比的戰爭，自己明顯佔上風，不過任何一個男人都受不了女人這樣持續胡鬧，爲了自己的幸福未來，定要及時勒馬才好，年長者，就算可悲也總要有點智慧和成熟度，這才是贏面。

「好吧，一件事一件事慢慢來，那封恐嚇信呢？我該看一下了。」杜紀說。

「我交給警方了，因爲警方確實相當相信，兇手有可能是將妮可誤認爲麗莎，所以他們也要追查麗莎收到的恐嚇信，但我已經複製一分了，也拍了照。」嚴將資料遞給杜紀。

杜紀看了看照片，「信是用打字的，『You are dead! bitch!』……你查過確實沒有他人的指紋？」杜紀問。

「嗯，查過了，確實只有麗莎本人的指紋，而信紙是普通的影印紙，印好之後對摺兩次，一個釘書針固定，外面則貼一條收件人名字『LISA』，也是列印剪下的，如此而已。麗莎說第一封也是這樣。」嚴說。

「任何有電腦有印表機的人都能輕易做到，如果沒有指紋，確實不好查。」杜紀接著又問，「麗莎在台灣的交友情形是怎樣？」

「她和兩名外籍人士分租一層樓，室友一男一女，一位是美籍蓋瑞在台灣教英文，他坦承和麗莎偶有上床，但情誼僅止於此。另一位法籍的安，則在一家進口酒商做事，她並不喜歡麗莎，所以和麗莎僅維持著不生不疏的室友交情。這是麗莎住家的狀況。

「私交上，麗莎有個本籍男性朋友，沈書林，對方是個企業小開，他和麗莎經常一起去夜店玩耍，也常一起開派對，不過他本人只願承認麗莎是他眾多女性朋友之一。另外，麗莎也和自己公司的美籍主管路克時有曖昧之情，不過路克已婚，妻子是個台灣女性，他們育有兩個小孩。」嚴說。

「你呢？你是否也是麗莎的經常性床友之一？」杜紀假公濟私地問，儘管希望自己看起來是公私分明。

「不，回到台灣之後，除了早期幫忙安頓她在台生活之外，之後我們就中斷聯繫好一陣子，直到我邀請她來參加我的派對，邀請她的那晚，我們確實有上床，那是回台後唯一的一次。」嚴說。

杜紀相信嚴。嚴不是個善於說謊的人。

「你可別誤會我吃醋，我只是怕我會得病，得順便追查一下歷史。」

「喔，這確實該讓妳知道，我和任何人上床，一向都是有保險套的，唯一一次沒有的，你也知道……」

「幹得好，安全的性愛很重要。」杜紀確實注意到，嚴後來的確都有自備保險套，「那妮可呢？她的交友情形怎樣？」

「妮可倒是很單純，她就只有一個男朋友，妳也見過的，亞倫。她剛開始來台時，也經常和麗莎四處鬼混玩耍，不過自從和亞倫開始交往後，她就收斂很多。就是因為這樣，連我都有些相信兇手是殺錯人，妮可的生活絲毫沒有可疑之處。」

「為什麼她們感情好如姊妹，卻沒有住在一起？至少也該住附近什麼的吧？」杜紀問。

「她們剛開始是住在一起的，妮可住在安現在住的房間裡，不過妮可後來搬去和亞倫同居，我當然是覺得男女朋友同居應該很正常。」嚴回答。

「嗯。確實正常。」杜紀說，「但女朋友這麼久沒回家，亞倫難道都沒起疑？」

「我問過他，他說他和妮可確實大吵了一架，而他也知道妮可要去麗莎那裡，所以認爲大家暫時分開冷靜一下也好，但他並不知道麗莎當晚不會在家，他以爲她們兩姊妹一直是在一起相伴的。」

「亞倫和妮可是爲了什麼緣故吵架？」杜紀問。

「妮可要回美國。」嚴回答。

「喔！我的天！」杜紀眞是有點發昏，「所以你應該知道麗莎也要回美國了吧？」

「嗯。」嚴說。嚴雖不知麗莎當初是追隨著自己來台，不過他現在倒是知道麗莎要隨他回美。

「眞是好一個回美團！亞倫應該不是個ABC吧？他家在台

灣？」杜紀問，因爲亞倫是個亞洲人，英文卻說得流利到位。

「妮可是來台灣才認識亞倫的，而亞倫在台灣早有穩定職業了，他是個程式設計師，他並不想隨妮可去美國重新發展，所以兩人才會爲此爭吵。」

杜紀相當同情亞倫的處境，嚴就要去美國了，而她自己也還想在此繼續經營偵探社，她可以理解亞倫的心情。

「警方有懷疑他嗎？」杜紀問。

「沒有，他有確認過的不在場證明，妮可死亡當晚，他從晚上八點就在KTV，和幾個朋友喝得爛醉，直到凌晨三點過後才回家。」

他們討論後決定，先從麗莎的室友蓋瑞、小開沈書林、麗莎的主管路克，以及路克的太太，這四個人開始查起。

但在這之前，杜紀想先和亞倫聊聊。

他們先去拜訪了亞倫，亞倫從得知妮可死亡之後，就沒再去上班，他向公司請了長假。

「我深愛妮可。」亞倫說。

而任何人都看得出來，他非常消沉，彷彿靈魂已和妮可同去。

「亞倫，你要照顧你自己啊！你現在看起來眞的像鬼一樣了……」杜紀說。她眞的很同情他。

「我還在乎什麼呢？妮可是我的一切，現在我已經失去一切。」

他雖然沒有哭，但杜紀感覺他看起來比哭更糟。

「你這麼愛她，爲何當初不乾脆和她去美國呢？」杜紀問，雖然她也理解，當初沒人會知道妮可會死，如果早知道，應該什麼也會同意吧！

「是啊……我眞希望當初就決定和她去，這樣我們也不會吵架了，事情也就不會發生了……」亞倫幽幽地說，「可是，我那時覺得她已經是個自主的成年人了，我不懂她爲何堅持要和麗莎同進同出？難道她以後也要和麗莎嫁同一個老公，永遠住在一起嗎？我不懂她們之間的友誼！我眞的不懂！」

杜紀也不懂。她從來沒和誰好成那樣。

「妮可是個有自信的人嗎？」杜紀問，這是她能想到的最可能原因。

「不算是，在她心目中，她覺得麗莎比她勇敢，比她更有人緣，麗莎是她的偶像，我甚至覺得她化妝、穿衣、髮型等等，都是追隨學習著麗莎的風格，雖然我已經和她說過很多次，她比麗莎出色，但我覺得她並不眞的相信。」亞倫嘆口氣，接著又說：「我不是眞的想要強留她在台灣，如果我能眞心感覺到，回美國是她自己思考後的決定，我也會支持她，甚至不排除和她一起去美國。問題就是，我覺得她就只是盲目追隨著麗莎的腳步！」

「可是至少她沒有學麗莎的生活風格。麗莎還像隻花蝴蝶，妮可卻和你固定下來交往。」杜紀說。

「那恐怕要感謝當初麗莎曾經對妮可說過我的好話。」亞倫說，「這就是之所以，我沒有很排斥妮可繼續和麗莎交往，也沒有討厭麗莎的原因。麗莎算是我們的紅娘。而且她本人雖然要回美國，卻很鼓勵妮可繼續留在台灣，和我在一起，這一點我也是感激她的。」

「麗莎喜歡過你嗎？」杜紀眞正想問的是：你們是否也上過床？不過她決定採用含蓄版本。

「不，麗莎不是我會喜歡的型，我是個感情專一的人，她應該也感覺得出來，我不是那種會喜歡她那一型的人，所以我和麗莎從來只是朋友。」

杜紀想了一想，儘管麗莎交友複雜，但她內心應該一直渴望著一個可靠的對象，像嚴，或像是亞倫這樣的人。不過亞倫可能防備更森嚴，他大概連上床的機會也不會給麗莎。杜紀有點酸，覺得嚴的防備還是太弱了！

「妮可除了麗莎和你之外，還有和任何人比較親近的嗎？」杜紀問。

「沒有，她眞的是個相當單純的女孩，所以我才會喜歡她，如妳所說的，雖然她崇拜麗莎，卻沒有沾染到麗莎那些生活惡習，雖然她偶爾也會和麗莎出去玩樂，但她總是自己提早回來，到後來，她幾乎是除了上班之外，多數時間都和我在一起。」亞倫說。

杜紀不相信亞倫會殺了妮可，妮可的生活背景也的確毫無可疑，看來，確實可能是她被誤認成麗莎，而被殺害的。

杜紀和嚴又安慰了亞倫幾句，提醒他要照顧自己，就此告辭。

嚴早就收集了四個暫列疑犯的聯絡電話，一一聯絡之後，暫時只有路克的太太黃遠婷現在有空，所以他們趕緊趁麗莎下班之前，飛奔去和黃遠婷見面。

黃遠婷的年紀和杜紀相當，中等身材，化過妝的臉上仍有著帶孩子的疲累，她的小孩分別是五歲和三歲，兩個可愛的混血女兒，正在客廳沙發上午睡。

杜紀先表明自己是私家偵探，正在幫忙調查此案。

「抱歉打擾了，我們……」杜紀非常不好意思開口，因爲她不確定黃遠婷是否已經知道，她自己的先生和別的女人有曖昧。

「沒關係的，警察也對我問過話了，而且我早就知道了。」黃遠婷善解人意地說。

「妳不介意嗎？妳的先生對妳不忠……」雖然直問，杜紀還是很小心，她覺得眼前這個女人好像隨時會崩潰。

「喔，我恨麗莎，我恨死她了！我也知道她和路克之間沒有眞實的感情，但是就是這樣，她反而像是毒藥一樣，慢慢地毒殺著我！她虐待著我的神經，可是又不會讓我死！」黃遠婷給了一抹詭笑，「我想殺她，但我沒空。我每天帶兩個小孩忙得都沒時間了，哪還有空去殺她？」

杜紀眞想頒一個最佳誠實獎給她！她實在太認同，麗莎是個令人神經崩潰的干擾波！

而嚴則有些吃驚，他知道麗莎愛玩，可是他從沒想過麗莎的舉止會造成這樣的傷害。

「忘了說，那女人化成灰我也認得！我若要殺她，我是不會殺錯的！」黃遠婷又自己補充。

「我不確定寄恐嚇信給她的人，和意圖殺她的人，是同一個，妳會寄恐嚇信給她嗎？」杜紀問。

「吃飽撐著嗎？我如果要殺她，也絕對不會事先警告她。浪費那種時間幹嘛，讓她更有機會逃過一死嗎？哼！」黃遠婷忿忿地說。

「妮可死亡的時間，大前天晚上十點，到前天凌晨兩點，這段時間妳人在哪兒？」杜紀又問，雖然她有點相信黃遠婷不會殺錯人。

「我在睡覺，這點路克已經為我作證。另外，麗莎被攻擊時，我人在家帶孩子，社區管理員證實沒見過我下午外出過。」黃遠婷說。

「黃小姐，麗莎是我的朋友，我會好好和她談一談的，我很抱歉她傷害了妳！」嚴說，他確實下定決心要和麗莎談談，至少要麗莎不要去沾染有婦之夫。基本規矩還是要守的，他想。

「如果是這樣，那就萬分感謝了，希望她會聽你的話。」黃遠婷嘆了一口無盡的疲憊。

「路克太太，妳覺得我年輕貌美嗎？」杜紀突然這樣問，嚇了所有人一跳。

「妳？……是還不錯啊，應該還沒到三十吧？二十五左右？」

黃遠婷疑惑地回答。

「我事實上和妳同年紀，這位是我的小男朋友，我正在和他談戀愛，我為了他拚命年輕美麗起來！」杜紀突然驕傲無恥地說。

「妳是想說什麼？」黃遠婷不解地看著她，這女人是瘋了嗎？還是想炫耀？每個女人戀愛時，誰不是這樣認真變美？誰都有這樣一刻，有什麼好驕傲的？

連嚴也不解地看著杜紀，雖然他認為小紀絕對值得如此自傲

——小紀確實看起來比她同年紀的人年輕很多，他也爲她感到驕傲與榮耀。

「妳要和妳老公談戀愛！妳要和我一樣驕傲！妳不要自己先拋棄戀愛。」杜紀說，「麗莎從來沒有贏，是妳自己不經心，妳要快樂起來。」

黃遠婷愣了一下，隨即又笑了，「我剛才還以爲妳瘋了，怎麼那麼幼稚！但我了解妳的意思了，謝謝妳！」

待杜紀忍不住想要多無敵一些時，兩個小女孩卻先後醒了，由於杜紀和嚴也沒有更多事想問，於是謝過後起身離去。

「我眞沒想到妳會插出那一段，」嚴笑了一笑，「不過，很適合妳！」

「喔，那其實是我算命的功夫之一，鼓勵人生——人生命相館嘛。」杜紀說。

嚴突然覺得杜紀的算命事業也不差，可能比他想像中更好。他還沒眞正認識了解她，他眞希望時間再多一些。

時間？

「對了，麗莎快下班了，我們一起去接她吧？反正她公司就在附近。」嚴突然記起時間不早了。

「哦……但我想和路克聊聊，麗莎下班表示他也下班，不如你載麗莎回去，我晚一點自己搭捷運回家。」杜紀裝大方地說，她眞希望自己的男朋友更保護體貼自己，不過，打從「老者的智慧」這個路數進入自己的腦中後，她突然也想要好好練功，他日功夫有成，天下就是她的了，那絕對不是天眞嬌貴的年輕小女孩能比得上的。況且嚴還算是個奇葩吧？仔細想來，以他這種家世背景，要純情到這樣也不容易，恐怕他以後眞正進入社會、見多識廣之後，還會有另一番改變，自己還是提早把豪門怨婦的公式熟悉起來比較好……

嚴看著杜紀深思，實在很遺憾自己得去護送照顧麗莎，不然他眞想再和杜紀一同行動。

「好吧，那妳照顧自己！」嚴無奈地說。

杜紀順利地在下班時間攔截到路克，路克同意一起去附近的咖啡廳聊聊。

「不好意思打擾你，我剛剛其實和你太太先聊過了，所以想和你再談一談，你要不要先打個電話回去通知一下你太太？」杜紀說。

「我想不必了，反正我也沒有每天準時回家。」路克說。

但是杜紀拿起自己的手機，撥了電話給黃遠婷。

「抱歉，又是我，剛才拜訪妳的私家偵探社，我人現在正在訪問妳先生，所以特地打電話來告知妳一聲，喔，等等！妳先生有話和妳說。」杜紀把自己的手機遞給路克。

路克不可置信地看著杜紀，還是接過了電話，「嗨，達令，我只是想說我愛妳！……好好……我等一下就會回家……嗯，see you。」

「看吧，一通電話會花你多少時間嗎？可是這樣能讓一個女人安心安慰。」杜紀說。

「謝謝！我想妳說得沒錯。」路克不好意思地承認，「結婚五六年了，我確實鬆散下來，雖然我一直認爲這並不是我單方面的問題，不過我也沒試圖去努力。」

「你和你太太有什麼問題？」杜紀問。

「並沒有眞的有什麼問題，只是自從我們有孩子之後，她幾乎全副的心力都放在孩子身上，以至於我覺得愈來愈被冷落，我也需要一個太太！雖然我很高興她是我的女兒們的好媽媽，可是我覺得我失去一個太太！」路克說。

「所以你為自己找了麗莎當保母？——照顧『你』的需要？」

「哈！妳說的話有意思！」路克尷尬地笑著。

路克都快四十了，他不是笨蛋。杜紀決定不需繼續追殺。

「言歸正傳，你有想殺麗莎的意圖嗎？」杜紀問。

「當然沒有！我有個家，我愛我的老婆和女兒們，我從來沒想過要離婚，麗莎當然也沒想要和我結婚，所以我何必殺她？我們或許一起做了些事，但那是各取所需而已。」

「她有什麼需求？」

「年輕女孩，八成愛玩而已，她不是那種太甘於寂寞的人，她喜歡受別人的注目和喜愛。」

杜紀覺得麗莎果然還像活在高中生階段，於是自我感覺良好地慶幸自己如此成熟。

「妮可死亡的時間，你人在哪裡？」杜紀問，好歹要確認不在場證明。

「家裡。我和我太太互爲證人，當然我們大樓的管理員也能作證，我當天下午六點回到住處後，就沒再外出過。」

「麗莎被攻擊當時呢？」

「她那天是早退，而我還在公司上班，同事都能作證。」

「妮可也在你們公司上班，她是個什麼樣的人？你對她的認識深嗎？」杜紀問。

「在我印象裡，她是個很守本分的人，個性有點偏內向，但是很好相處，性情穩定。如果是麗莎被殺，還比較能令人理解，妮可的話，我眞的是覺得很訝異，雖然我和她也不算熟，但是她從來沒和公司任何人吵過架或交惡，至少我不曾見過，也沒聽過同事批評過她。」

「那麗莎呢？妮可是否曾與麗莎吵過架？好朋友之間距離近，難免比較容易有爭執。」

「不，她們倆看起來眞的感情很好，也許是因爲沒有住在一起了，她們在公司時，一有休息時間就會膩在一起聊天，我沒見過她們吵過架。」路克說。

「你和麗莎有曖昧關係，你和妮可呢？」杜紀問。

「妳瘋了嗎？妮可！就算我眞的是個積極尋求外遇的人，妮可也不可能會和我怎樣的！更何況，我並沒有計畫要外遇，一開始就是麗莎主動的。」

「我一直覺得寄恐嚇信給麗莎的人，和殺了妮可的人或攻擊麗莎的人，不見得是同一人。你曾經開過這種玩笑，寄恐嚇信給她嗎？」

「我幾歲人了？十八？二十？我當然沒有寄恐嚇信給她，不論是認眞或是開玩笑！」路克說。

5

雄伯神清氣爽地哼著不流行歌曲，已經很久沒有受到杜紀的糾纏，他幾乎已經忘了這個人了，而且他兒子最近功課突飛猛進，老婆也依然很賢慧，社會看起來也很安寧，他覺得整個世界都很美好……

「雄伯，妳妹來找你，好像說你家又出事了。」一位同事前來通知。

「我妹？」雄伯還眞的忘記了那個背後靈，不過，他當然很快又想起來！他的和平世界瞬間毀滅。

杜紀坐在偵訊室裡等他，還不要臉地點了一杯咖啡。

「妳又來幹嘛？老媽的卡債不是早已還清？現在又是怎樣？老爸欠賭債要被挑腳筋？」雄伯齜牙咧嘴地說。

杜紀每回來警局找雄伯，總會自行編織一些很瞎的藉口給雄伯的同事聽，上一回是他們的老媽刷爆卡。而她當然不是雄伯的妹妹，雄伯並沒有妹妹。他數年前吃喜酒時貪杯，還抱著僥倖之心酒駕騎車回家，當夜天雨路滑，他的機車在轉彎時滑過路面，撞上迎面而來的杜紀的小綿羊，杜紀當場斷了韌帶，但是她並沒有把雄伯供出來，而是在拍照存證之後，自行叫了救護車，並要雄伯和他的機車離開現場。不過好心當然有好報，如果不報只是時候未到，她從此威脅著雄伯，每逢有辦案上的需求時，她就會來討功德。

「你是老人失智了嗎？我們的老爸早就往生了！」杜紀啜了

一口咖啡說，「這次是姑嫂不合而已。」

「我沒興趣聽妳孫輪輪講故事！妳這次是要什麼？直說吧！」

「我知道警方正在調查一位外籍女性妮可的兇殺案，連帶她的好友麗莎被攻擊案，我要當天捷運站的監視錄影帶和命案現場外的街上監視器錄影帶，拷貝帶。」

「哈！妳在發神經，這個案子又不是我們分局負責的。」雄伯納涼地說。

「別以為我不知道你是警界的交際蒼蠅！我甚至知道哪個分局有你哪些朋友和舊識，看你是要乖乖幫我弄來受害者受害的影片，還是我大方地去各警分局分送你犯罪的生活照片。兩種口味，任君選擇。」杜紀毫不猶豫地威脅。

「妳這個妖女！你別以為我不知道，妳也是嫌疑者之一！」

雄伯的青筋快速地在他的月球表面鋪建好了。

「憑我們的交情，你應該知道我不會殺人。」杜紀從容地說，「街上若有監視器，也會證實我沒去過安和路那棟樓房。」

「呵呵呵！憑我們的交情，我知道妳這個女人心腸奸狠，這我倒是可以幫忙作證！」雄伯又得意起來。

「唉，既然你也知道這個案子，你自然就應該聽說我有男朋友了，」杜紀還沒說完，雄伯就急著插嘴。

「男不男朋友我不知道，妳肯定是搶了別人的！對方年紀還比妳小呢！對了，應該就是妳的那個年輕英俊有前途的助理吧？妳還要不要臉啊？連窩邊草也不放過！」雄伯無情地對「妹妹」言語家暴。

「你這條智障青竹絲！你不是一直祈求我快點結婚生子拋棄事業？我現在有個機會嫁入豪門淡出江湖了，你還不趕快助我一臂之力？如果我情場失敗，最後又被證明無罪，你自己想想我會怎樣從地獄殺回來摧毀你！你自己想想。」杜紀全力耍狠。雖然她和嚴已是男女朋友，但嚴可從來沒說過他愛她，更別提可能結婚了！不過這次雄伯攻得她不得不下重手。

雄伯陷入沉思。覺得杜紀說得也有道理，他聽說杜紀的小男友為她找來律師，恐怕那位小兄弟確實對這妖女有幾分眞情意，如果杜紀眞的嫁了，他雄伯的噩夢應該也會結束了，而這是他夢寐以求的事。

「好吧！我盡力，但妳結婚千萬不要發帖給我，我不想再和妳有任何瓜葛。」

「很公平！」杜紀說。但她內心當然很淸楚，那裡將不會有任何紅帖。

嚴難得地慌張起來，他把麗莎顧得好好的，也按照慣例送她去上班，而回到偵探社卻找不到自己女朋友的身影，他打了杜紀的手機，沒人接。

他深深覺得自己是個很失職的情人。杜紀並沒爲他過分照顧麗莎的事和他吵，沒有對他和麗莎上床的事再介懷，還默默地接受了麗莎住進他家的事實，更協助他調查麗莎的案件。有哪種愛人會如此狠心，這樣去考驗對方的氣度？連路克的太太黃遠婷，都爲了麗莎而如此疲憊怨恨了，他竟然會讓小紀去承受這些！他簡直是個予取予求、自私自利的情人！

他很自責。

況且他和小紀眞的沒有多少時間了，他本該把去美國之前的所有時間，都給小紀，而現在不但沒有這麼做，還分了一半給麗莎！最差情人獎今年非他莫屬。

杜紀終於在接近中午時回來了。

嚴跑過去緊抱她，儘管想成熟地溫柔疼她，他還是忍不住激情地擁吻著她。

「怎麼了？嚴，發生什麼事了？」杜紀又驚又喜地問。

「我差一點要報警了！我的小紀失蹤了！」嚴擔心地說，仍是緊緊擁著杜紀不放。

「我沒有失蹤，我去和青竹絲奮戰拿資料。」杜紀說著，忍不住笑了起來，「嚴還是那麼喜歡報警！」

嚴才剛放心杜紀回來了，卻立刻又因小紀為麗莎的事如此努力著，內疚了起來。

「我們趕快去和麗莎的室友蓋瑞聊聊吧，我剛才已經和他約好時間了。」杜紀說。

其實杜紀當然不大方，也不是不介意一切，只是她的心思完全放在「儘快破案過好日子」和「老者的智慧」這兩個目標上，所以痛感自然少了好幾分。

「小紀，我們不要查案了，我想和麗莎談談，要她先回美國，或者幫麗莎找個貼身保鑣，全天候去監護她。」嚴說，「我想和妳在一起，就算這段時間妳還是想繼續工作，我也不要麗莎的案子去煩擾妳。我眞笨！沒有早點想到這些方法！」

杜紀呆住，嚴眞是世界上最好的情人！就算不是，也是她杜紀遇過最好的！而且她恐怕今生再也遇不到更好的了！但，與其說是訝異於嚴的體貼，她更感激嚴活到二十多歲還能如此情眞，二十幾歲不是應該情傷累累、對感情最偏激不信賴之時嗎？她杜紀竟然能以三十高齡品嘗未經損傷汙壞的新鮮嫩果，能說不幸運嗎？花開堪折直須折啊！

「手機借一下。」杜紀說。

「妳的呢？」嚴拿出自己的手機給杜紀，但想起之前他試圖連絡杜紀卻聯絡不上，他可不希望這種事再發生。

「沒電了，最近一直住你那裡，我又忘記充電器這回事！」

杜紀打了個電話取消和蓋瑞的約，接著就把嚴拉進房間了，她要好好享受這麼年少純真的嚴。

世間的事，多半不盡人意。

麗莎不但不答應先回美國，更不接受貼身保鑣，她告訴嚴，如果嚴不保護她，她也絕對不要任何人保護，她隨時可以搬離嚴的住處，反正一開始也不是她主動要來的，她甚至也沒強迫嚴要照顧她、保護她。

確實沒錯，是嚴自己認定對好友的妹妹有照顧的義務。如果妮可沒有死，他可能不會如此認真照顧麗莎，可是妮可被殺已經真真實實地發生了，嚴覺得還是拋不下。他甚至不知，是該祈求時間走得快些好，還是慢點好？

杜紀實在很想衝上前去將這個芭比分屍剃光頭！她竟然利用嚴的弱點來對付嚴，來阻礙自己這個老人家珍貴的春天！這個洋人果眞是完全不知敬老尊賢。

不過她不敢發飆，她知道嚴已經很兩難，自己應該繼續當個成熟寬大的女人。

還是回到原先的計畫，趕快把這個案子查個水落石出。杜紀決定。

隔天，嚴還是照常送麗莎去上班，杜紀也搭他便車，因爲蓋瑞的住處離麗莎公司不遠，所以嚴和杜紀目送著麗莎進入她的公司大樓後，又一起直奔蓋瑞的住處，那裡也是麗莎原本的住處。

蓋瑞是個高瘦的美國人，二十六歲，在台灣敎英文，但他今天上午沒課，所以有時間接受訪問。杜紀表明了身分和來意之後，很快就進入正題。

「你對麗莎有何觀感？」杜紀問。

「很不錯的消磨時間對象，我們有過幾次不錯的歡樂時光。」蓋瑞說。

「你對她有感情嗎？」

「我曾經希望我們固定下來，但她拒絕了我，我當然也沒繼續強求。」蓋瑞說，「不過我們並沒有因此停止偶爾的性關係。」

「以前妮可也住在這裡，你和她熟嗎？」杜紀問。

「尚可，她和麗莎感情很好，經常到哪裡都出雙入對，直到妮可和亞倫定下來之後妮可才搬走，我並沒有和她特別熟或不熟。」蓋瑞頓了一下又繼續說：「雖然妮可沒有麗莎活躍外向，不過我個人倒是覺得妮可較具吸引力，我一開始對她比較感興趣。」

「喔？那你和她也曾上床嗎？」杜紀問。

「喔，不！妮可和麗莎還是不一樣，她是個比較嚴謹的人，雖然她很容易和人做朋友，但不是那麼輕易上床的。」蓋瑞嘆了一口氣，「我眞想念她！」

「妮可被殺那晚，你人在嗎？你有沒有見到她？」杜紀問。

「我有看到她來，也和她聊了一下，但我八點鐘和朋友外出，回來時已經十二點，我經過麗莎的房門時，門是關著的，也沒有燈光或聲音傳出，我想她已經睡了，就沒去打擾她。」

「她什麼時間抵達的？你回家後都不曾聽過任何聲音嗎？還有，隔天你爲什麼都沒發現異樣？」

「她那天大約晚上七點多到，我十二點回到家後也很累，很快就睡著了，我是個很好睡的人，而且因爲是和別人分租房子住在一起，如果不是太巨大或奇特的聲響，我一般都不會去特別注意的——甚至包括開門聲、關門聲、走路聲。我如果在意這些，我想這裡室友進進出出，我恐怕早住不下去。所以，我的意思不是說當夜沒人來過，而是說，我恐怕不特別記得什麼。」蓋瑞歇了一口氣又說：「隔天我一大早就有課，醒來時差點就來不及了，我眞的沒注意到任何事，麗莎的房門還是關著的，我當然不會特別去打開來看。」

「那你見到妮可那晚，你們聊了些什麼？妮可有說出什麼可疑的事嗎？」

「她有說她和亞倫吵架了，因爲她想和麗莎一起回美國，而亞倫爲此相當不高興，大概就是這些，我聽不出任何可疑的。」

「你個人覺不覺得她和麗莎的感情很奇怪？我的意思是說，她們都是大人了，遲早有人會結婚成家，難道結了婚之後，也還要膩在一起嗎？」杜紀做了個市調。

「妳這樣一說，我倒是覺得確實有點怪，不過我之前眞的沒想那麼多，我只覺得她們是很好的朋友，這樣很正常。」

「你有沒有寄恐嚇信給麗莎？即使是玩笑的？」

「沒有，我也不知道有人曾寄恐嚇信給她，她從來沒和我們提過這件事！」

「另一個室友安呢？妮可死亡當晚她在嗎？」

「喔，我後來有和她聊起這件事，她有不在場證明，她當天晚上去約會，整晚都沒回家，而隔天早上她只回來換衣服就又去上班了，和我一樣，她沒事不會去開別人房門，尤其是麗莎的。」

「就你所知，她有沒有特別討厭麗莎？兩人曾經吵過架嗎？」

「在我眼中她們是半斤八兩，之所以互相不喜歡，是因爲她們倆各有各的生活壞習慣，麗莎會把她的私人東西亂丟在大家共用的空間；而安呢，經常輪值到她打掃共用區域或倒垃圾時，她總是會忘記，兩人確實曾經爲這類小事吵架，不過還不至於是仇人，她們就是盡量對彼此視而不見罷了。」蓋瑞說，「如果有人寄恐嚇信給麗莎，我相信不會是安，她還沒那麼無聊。」

「所以妮可死亡當晚，這裡就只有你和妮可兩人，你眞的沒聽見有人開門或走路的聲音嗎？」杜紀問。

「噢！我眞的不確定了。平常已經習慣有人出入的聲響，我眞的不記得當晚是否有聲音，我眞的不會特別去注意到。」

杜紀和嚴謝過蓋瑞後，來到麗莎房間門口，上面並沒有任何封條什麼的，不過杜紀確定警方應該都已徹底搜過、檢查過。

杜紀很想開門進去看看，不過還是沒有這麼做，倒不是因爲嚴的緣故，她不怕在嚴面前破壞形象，嚴早知道她是什麼樣的人了。她是忌諱著還沒離開的蓋瑞。

盯著麗莎的房門，她只能萬般不捨地就此離去。

沈書林是個紈褲子弟，二十三歲依然遊手好閒，他十分不想甩杜紀的邀約，不過杜紀還是在他大直的住處門口堵到他了。

「歐，原來是個美女。早說嘛！我一定會抽空見妳。」沈書林盯著杜紀直瞧，「進來吧！」他直接邀請杜紀進屋。

嚴不是很高興，還是緊跟著進去。

「想喝點什麼嗎？我這裡應有盡有。」沈書林說。

「黑咖啡吧。」杜紀回答，她有點需要提神。

「美女，如果想要向我問話，不喝一杯就太沒誠意囉！」沈書林逼迫地說。

如果是平常的杜紀，現在大概起身走人了，她討厭被人強迫，可是現在她急著要調查這案件，只好低聲下氣地說：「你給什麼就喝什麼囉，既然我也沒有選擇的餘地的話。」

「先生？也是隨意嗎？」沈書林又問。

「嗯，非常隨意，我們決定去喝西北風。」嚴拉著杜紀要起身。

「OK，黑咖啡就黑咖啡，坐下吧。」沈書林讓步，逕自往廚房走去。

沒多久，他端著三杯咖啡出來，分別放在客人面前，自己也拿了一杯。

「美女想問我什麼？我未婚，二十三歲，和麗莎只是玩玩的。」沈書林吊兒郎當地說。

「但我已婚，還是兩個孩子的媽了，你不必自毀前程。」杜紀放出路障。

「眞看不出來！不過也沒關係，愛情是不分年齡的。而且我可以為妳粉身碎骨，人妻也很吸引人，而且我還沒嘗過。」沈書林堅持油條風格。

「但她是我老婆！」嚴忍不住加入杜紀的話劇社，「你尊重一點！」

不只是嚴，連杜紀都很厭惡這個沈書林。不過杜紀內心也抽空暗喜，她這麼容易就是嚴太太了呢！

「你只要為我答幾個問題就行，不須那麼自殘，」杜紀趕緊接著說：「你有寄恐嚇信給麗莎嗎？」

「哈哈！我何必恐嚇她啊？那個女人乖得像貓，還會自己回來要食物，放出去，也會自己去吃草，我對這隻寵物還算滿意，沒理由想除掉她，有需要用到恐嚇嗎？」沈書林笑得邪惡地說。

「你認識麗莎的朋友妮可嗎？」杜紀問。

「喔，我也很想多認識她，不過我沒這種機會，麗莎看得死死的，而妮可若沒有麗莎陪同，是不會獨自來參加我的趴的。」

「你不是沒那麼忠於麗莎嗎？怎麼會願意任她擺佈？」杜紀問。

「麗莎纏功很好，我也喜歡主動的女人，妮可並不主動，所以大家就隨緣囉。反正她們這一對也長得差不多，還沒到達非誰不可的程度。」

「妮可死時，你人在哪裡？」杜紀問。

「淺水灣朋友家狂歡，麗莎是搭我的車一起去的，我們一夥人都是混到隔天才回台北，我不需要上班，所以我在朋友家睡到下午才走。」沈書林開始對這些問題感到無趣，「美女，妳有空時要不要來參加我們的趴？我可以專程接送——如果嫌老公無聊。」

「喔謝啦，我要帶小孩，我和老公也高潮迭起，我沒時間和興趣參與那麼無趣的事。」杜紀又趕快繼續問：「麗莎被攻擊時，你人在哪裡？」

「喔，幫幫忙，我是會搭捷運的人嗎？我當然是寧願和別的女人在床上溫習功課。」沈書林已經耐性全失。

「謝謝你的時間，我們就不再打擾了。」杜紀決定到此爲止，她起身告辭。

「太可惜啦，美女，妳竟然連妳的咖啡都沒碰，我精心爲妳泡的耶！」沈書林又露出邪惡的笑，完全不把嚴放在眼裡，他內心不是很相信這兩人是夫妻。

「喔，放心，我會外帶。」杜紀說著，將咖啡倒入自己背包內的小水壺中，「謝謝你的加料，但你放心，我不會交給警方的。」

杜紀外出經常有自備水的習慣，因爲她不想花錢在飲料上。

杜紀和嚴一起離去時，沈書林眼底發出一抹冷光。

嚴感到有些不安。

「小紀，妳這樣做太冒險了。我們都猜得出他可能在咖啡裡下藥，但妳何必做得這麼明？」嚴擔心地說。

「因爲他有意暗示。而我只是要他知道我不是傻瓜，也不是毫無防備，警告他不要輕舉妄動罷了！」杜紀回答，她確實也有一絲後悔這樣公然挑釁，沈書林確實是個壞胚子，而且會壞到什麼程度，她還無法估計。

「算了，做都做了，我自己小心一點就是。」杜紀又說。

「妳覺得有可能是他嗎？麗莎的攻擊者。」嚴問。

「感情糾紛上可能不會是動機，但如果麗莎威脅過他——他的非法用藥行爲，那確實有可能……我們再和麗莎談談吧。」

當晚用過晚餐後，杜紀和嚴和麗莎繼續留在餐桌上談話。

「妳爲什麼會和沈書林那種人搞在一起？那個人是個混帳！」

嚴不解地問著麗莎。

「他……他強暴我！我第一次去參加他的派對時，他就對我下藥強姦了……」麗莎說著，哭了起來。

「可是他說妳又回去找他！如果知道他是壞人，妳爲何還回去找他？」嚴追問，內心想著「爲何不報警」。

麗莎一陣尷尬，不過立刻又轉爲憤怒，「你知道嗎？嚴，你也是個混蛋！先說我不能勾搭有婦之夫，現在又不准我和沈書林做朋友，你是什麼？我已經是大人了，就算是我老爸也無權干涉我的交友權利！我受夠了！我要離開！去你的嚴！去你的！」

麗莎生氣地跑回客房收拾東西，不一會兒就氣沖沖地要奪門而出。

杜紀趕緊攔下她，現在可不是意氣用事的時候。

「喔，別走！妳若出去出了事，要我們怎麼辦？一輩子和妳陪葬？嚴是還好，但我和妳交情這麼差，妳怎麼忍心？」杜紀說。

「不就是討厭妳才更要害妳嗎？妳若痛苦，我可高興得很！」麗莎說。

「用妳的命拚我的良心？不值得吧？而且我不見得會爲妳的事感到罪惡，喔——我巴不得嚴是我一個人的！而且這樣一來就只是他一人去美國，我也會萬分安心哪！」

麗莎想想，果然冷靜了下來，「沈書林沒有用藥迷昏我，他只是給一些讓我更嗨的東西，如此而已。」麗莎微微地改了口供。

「那妳喜歡他嗎？」杜紀問。

「他玩得很瘋狂，我確實覺得和他在一起有一種危險的刺激感，我想我也是貪玩吧，偶爾會覺得那種刺激感還挺不錯的……」麗莎坦言。

「妳呢？妳是否偶爾也會是個相當危險的女人？」杜紀問。

但是麗莎暫時逃避了這個問題，「我現在累了，想回房休息。」

終於又是個休假日了，不過，嚴現在一點也不喜歡假日，因為麗莎不必上班，意味著他和杜紀的私人時間更少。

不過昨晚杜紀就說，她已約了雄伯今天要拿錄影帶，而且堅持不要嚴相陪，嚴確認了她的手機電力充沛之後，也只好無奈地讓杜紀自行前去。

杜紀離開之後，嚴正想著該如何安排麗莎時，麗莎已經從客房裡走出來了。

「我今天不能再待在這裡，我會發瘋。」麗莎說。

「那妳想去哪？我可以陪妳去。」嚴打起精神說。

「不必了，護花使者，我今天和朋友有約，他會保護我的。」

正在此時，門鈴響起，「我朋友準時來了。」麗莎說。

來接麗莎的，是之前嚴辦入宅派對時，也有受邀而來的麥可，麥可是嚴的舊友，重點是，他個老實人，也是嚴信得過的人。只是嚴沒想過麗莎會主動約他，他完全不是麗莎喜歡的型。不過嚴還是很高興，麗莎看來有意收斂，而他自己當然不會阻止。

「麥可，好好照顧麗莎喔！麻煩你了。」嚴開心地說。至少他今天終於可以暫時卸下責任，也可以趕快去和小紀會合。

「放心吧！嚴，我會好好保護麗莎的，晚上十點前會送她回來。」

嚴送走他們兩人後，立刻打了杜紀的手機。

杜紀聽到這消息也很高興，她和她的小綿羊離雄伯上班的警局已剩一半路了，所以她要嚴直接去抽菸咖啡館等她，她向雄伯拿完東西之後，就會去那裡和嚴會合。

抽菸咖啡館是嚴的朋友的舅舅經營的，位於天母，當然是禁菸，不過館主有個私人小小後花園，他在那裡擺了套桌椅供自己抽菸使用，嚴之前曾帶杜紀去過那裡，館主喜歡杜紀，因此也破例歡迎杜紀使用。

嚴很快地也出門直奔咖啡館，腦中愉快地計畫著如何和小紀共度這自由的一天。

不過，兩小時過去了，杜紀並沒有出現。

嚴又緊張不安起來，再次打了杜紀的手機。希望自己不會是個自私兼有控制慾的男友。

又是沒人接聽！

他打電話給雄伯，雄伯說杜紀一小時之前早已離開，他們這回連對戰都沒戰。

嚴慌了。

他立刻衝了出去，開著車四處尋找杜紀的身影，還有她的小綿羊。

幸好，很快地他發現了小紀的小綿羊停在一個商場旁，他也立刻找了停車位，下車去尋找杜紀。

幾乎要拆了商場之時，他終於利用打手機追蹤到杜紀的手機鈴聲，隨著鈴聲找到一間女廁，並且在裡面發現昏迷的杜紀。

杜紀的頭上被打了個包，現在人在醫院。

她醒來的第一眼就看到憔悴憂慮的嚴，嚴好帥，她想，尤其是他憔悴時。

「有人攻擊我……」杜紀發現自己頭眞的很疼，而且還很昏。

「不要亂動，小紀，妳有腦震盪的狀況。」嚴溫柔地說，「不要急，等妳好一些再說。」

杜紀又昏睡過去。醫生說她要留院觀察。

嚴打了個電話給麥可，麥可答應照顧麗莎直到星期一早上送她去上班，因爲他自己星期一也要上班，而麗莎也說沒問題，她想在麥可家住兩晚。

不過，星期天上午，麗莎意外出現在醫院。

「妳這個裝死的賤人！妳爲什麼要搶走嚴？妳以爲妳是什麼東西？妳根本配不上他！」麗莎發狂地搖著杜紀喊，幾乎全棟病房都聽得見她的聲音。

杜紀則用嘔吐代替回答，她的平衡感還沒回來，整個人被搖得超級不舒服。

「妳只不過是個身分卑微的野女人，妳還夢想麻雀變鳳凰嗎？」麗莎無視於情敵飛奔去跪在馬桶旁嘔吐的戰果，繼續進攻。

杜紀此刻眞希望自己是個天天去跳土風舞的歐巴桑，這樣她就會有健康的體魄，能和這個瘋掉的芭比對戰熱舞，可是再一次地，她只能用嘔吐代替回答。

麗莎一把將她從馬桶旁拉起，杜紀掙扎著，她還不能離開馬桶，她還想吐，就在這時，嚴和醫生終於衝進病房來了。

嚴嚇得臉色全白，他一把將麗莎推開，把小紀護在懷中。

「這位小姐，請妳立刻離開，病人現在不能受到這種攻擊。」醫生也不快地說。

而失蹤很久的護士也在這時出現了，她立刻將麗莎帶出這間特別病房。

稍微回魂後，嚴很訝異沒見到麥可的影子，麗莎是怎會獨自亂跑的？可是他無法再多想，眼前小紀是最重要的。

「小紀，妳能起身了嗎？還想吐嗎？」嚴關心地問。

杜紀搖搖頭，「好一點了，應該可以離開馬伯伯了。」

嚴輕柔地將杜紀抱回病床上。

「醫生，她可能是懷孕了嗎？」嚴問。

連杜紀自己都嚇一跳，她還沒預計到母以子貴的美夢會這麼快成眞。

「沒有，我們在做斷層掃描之前，必須先檢測出病人沒有懷孕才能做。她會這樣嘔吐也算正常，畢竟頭部受到重擊，有腦震盪狀況，難免失去平衡感，會有發昏嘔吐或噁心的狀態，這些都算正常，她現在需要的只是休息。」醫生說，「斷層影像中，並沒有發現她有腦內的傷害或出血，所以你可以不必過度擔心。」

醫生接下來檢查了杜紀的基礎狀況，問了杜紀她的感覺，然後就離開病房了。

杜紀忐忑，嚴是怕她有小孩，還是希望她有小孩？她自己也不敢問。

「麗莎有沒有對妳怎樣？妳有沒有受傷？」嚴問。

「沒有，她只是突然衝進來大喊大叫而已，沒有對我怎樣。」杜紀有點不敢正視嚴，嚴已開始長出鬍渣了，那是她最不能抗拒的一款。

「那就好，不然連我都想殺她了。」嚴微笑地盯著她，眼神充滿愛意。

天！你再這樣看著我，我就要變成母狼了……杜紀的心年輕了十歲地狂跳。

「我可不可以出院回家休息了？我眞的覺得好多了。」杜紀說，「我想回家。」

杜紀已經從想回家變成極度思家，她一直吵著要出院，而醫生事實上也沒意見，他覺得杜紀情況不算差，嚴也承諾若病人狀況有異會立刻回來，加上醫院也極缺病床，所以允許了杜紀出院。

「嚴，可不可以先繞到我的小綿羊那裡？雄伯給的資料還在機車裡。」杜紀說，她現在已經慢慢想起昨天的事了。

「好吧，但妳回到家後要好好休息，先不要想工作的事。」嚴說。

杜紀答應他。

她在機車置物箱中拿了雄伯給的拷貝影帶，同時不忘記左右觀看一下附近地形狀況，並沒有什麼街頭或商家的監視器是對著當日她進入的商場入口的，杜紀嘆了口氣，上了嚴的車，兩人一起回到嚴的住處。

嚴泡了杯茶給杜紀。

「我記得被攻擊之前，我從雄伯那裡拿到這份影帶，騎著車要去咖啡館和你會合，但是途中我超級想小便，所以我在商場外停了小綿羊，去商場裡用洗手間，才走進去而已，就被人從後面敲了一計，接下來我就不記得了，我想，之後我就已經昏迷。」

杜紀說，「我沒有看到攻擊我的人，連是男是女都不知道。」

「我知道妳可能又要笑我了，可是我覺得我們應該去報案。」嚴說，「但不必是今天，今天我們好好休息吧！我自己也累了。」

嚴確實累了，昨晚他整夜都沒闔眼地看著杜紀，雖然他發現小紀的臉百看不厭，可是現在安心放鬆下來之後，所有的疲勞感都湧出來了。他畢竟不是超人。

他抱著小紀睡著了。

但杜紀這時感覺十分清醒，畢竟她也在醫院睡很久了，她決定起身去看雄伯給的錄影帶。

據雄伯說，安和路命案樓房附近，雖有一處監視器是對著樓房方向，不過該監視器已經壞了一年多了，無人維修，所以能提供的也只有捷運站的監視器畫面。

杜紀看了影帶一百遍有了，麗莎確實是跌入捷運軌道中，但，從錄影帶裡，她看不出有人有非常明顯的推擠動作，但也不像是麗莎自己跳下去的，確實有幾個人曾接近她，但從畫面中實在看不出很確切的狀況。

然後她又想起麗莎的房間，當天蓋瑞在家，她不好意思自行開門進去，不過她眞的是很想看一看麗莎的房間！

嚴在睡覺，她自己也覺得身體狀況還ＯＫ，麗莎應該還在麥可那裡，她決定趁現在去瞧瞧。麗莎的住處感覺起來也戒備不森嚴，蓋瑞又神經大條不怕吵，就算被發現，她應該能用藉口混得進去。

她悄悄離開嚴的住處，跳上計程車直奔安和路。

抵達後，她先是按了門鈴，但沒人來應門，她試了把手，門竟然沒鎖！

不過輕聲地進屋後，她聽到有人淋浴的聲音，她決定還是趕快去檢查麗莎的房間，如果蓋瑞說得不錯，這裡室友進進出出、來來去去，應該沒有人會出來特別歡迎她。

麗莎房門外，終於是這一刻了。

杜紀迅速戴上膠膜手套，這是她的職業習慣，盡量不留痕跡或破壞現場。她小心地轉動門把，再次輕輕地打開房門，然而入眼的景象卻讓她的時空瞬間凍結。

麗莎竟然在這裡！

但是她倒在地上，死了。而且才剛死而已！

一樣是被人勒斃的。

有一瞬間，杜紀還以爲自己看到的是妮可的幽魂，但是它是麗莎沒錯！

麗莎今天早上去醫院鬧時，穿的就是這套衣服。

杜紀不知自己在那裡痴呆了多久，直到蓋瑞淋完浴，從他房間裡走出來。

「我的天！是麗莎！喔！不！我的天……」蓋瑞驚叫著，立刻去打電話報警。

嚴一張開眼，沒見到杜紀，他驚嚇地清醒過來，正要搜屋時，電話響了。

他一邊接起來，一邊往臥房外走，他要先看到小紀無恙。

然而打電話來的正是杜紀。

「嚴，……麗莎她……她死了……」她說。

6

嚴再次帶了律師，而律師找了醫生，一起去警局把杜紀帶走。

事實上，在這之前杜紀也完全沒有理會警察問話，誰都看得出她很受驚，更何況她頭上還纏有繃帶。

可是警方還是將她視爲嫌疑犯，因爲麗莎才死亡就被發現了，而且是被杜紀發現的！蓋瑞甚至不能確定杜紀是才剛殺了麗莎，還是剛發現麗莎的屍體？警方認爲受驚嚇不代表無辜，很多人殺了人之後，也是跟著驚嚇失魂，不相信自己會犯下滔天大罪。

當然蓋瑞自己也是嫌疑犯，警方也認爲他有可能剛殺了麗莎，而在杜紀入屋之前，奔進浴室假裝在淋浴。

「小紀！小紀！妳回答我好嗎？」嚴心急如焚，杜紀的眼中只剩一片黑，全無半點星光。

書上有說過，對受驚嚇的人，有時打他一巴掌會有奇效，但小紀才腦震盪，嚴打不下手。

「嚴先生，等會兒帶去醫院我幫她打針鎮靜劑吧，讓她睡一覺後再看看狀況。」醫生建議。

嚴也只好照辦，去完醫院後他又帶著小紀回家，安置小紀在床上睡覺。

他自己則打了個電話給James，不論好友要不要原諒他，他都要面對。

James得知這個壞消息後，自然是很震驚難過，也不敢置信，不過他並沒有指責嚴，他覺得嚴早就做得比他該做的更超過了，他妹妹早已成年，早就該對自己的人生負責。

James 掛完電話後，也將此消息一一通知他家人，討論之後，決定由 James 來台處理麗莎的事，所以他又再回電通知嚴，他即將飛來台灣。

嚴又致電麥可，意外發現麥可才剛醒來，他什麼事都不知道，他說早上喝了杯麗莎打的果汁之後，就一直昏睡到剛剛。麗莎顯然是在麥可的飲料中下了猛藥，這點，任何人都無法責怪麥可。而說到藥，嚴無法不想起沈書林！他也懷疑是這壞胚子攻擊杜紀的，很可能就是因爲杜紀之前挑釁了他……

嚴到這時才發現客廳錄放影機是開著的，裡面還有一捲影帶，應該是杜紀從雄伯那裡拿到的，他也看了影帶，也覺得十分可疑，和杜紀一樣，他看不出有任何明顯的他人推擠動作，雖然麗莎確實是掉了下去，不過看起來似乎更像是她自己一時失去平衡，不小心跌落軌道。

麗莎是否在濫用任何藥物或毒品？嚴開始懷疑。沈書林說，麗莎會自己回去找他，他是否用毒品控制麗莎？

但是更讓嚴憂心的是，如果眞的是有人要殺麗莎，而妮可是被當成麗莎錯殺，那爲何小紀也會受到攻擊？小紀完全不是個外國人，頭髮又這麼短，不可能會被兇手誤認爲是麗莎的！兇手會不會是涉及毒品的沈書林？小紀會不會是下一個？

他不能失去小紀！就算不能一直擁有她，他也要小紀幸福地活著。

「沒有人要殺我，嚴，這是調虎離山之計。」杜紀次日早上說。

她終於醒來了，而且異常冷靜。

「怎麼說？」嚴問。他希望小紀是對的，沒人要殺她。

「之前你把麗莎保護得太好了，兇手根本沒有下手的機會，所以他故意攻擊我，讓你爲了專心照顧我而分身乏術，這樣他就有機會對麗莎下手了。」杜紀說，「我覺得應該是這樣，麗莎之前一直好好地，甚至捷運站之後都沒再受到攻擊了，爲何就會那麼湊巧，我被攻擊，而她立刻死在你得分心照顧我的這一刻？」

「我不確定妳說的是對的，雖然聽起來很有可能。」嚴說，「她實在太大意了，竟然把麥可弄昏逃走……」

「我對不起麗莎！……我一直不相信眞的有人要殺她！坦白說我從來沒有相信過！」杜紀突然哭了起來，她非常內疚自己從來不相信麗莎。

「小紀，妳不該自責的。妳沒有趕她出去，妳沒有阻止我接送她，妳還幫忙調查這件案子！妳不用自責的，妳已經做很多了。」

嚴不捨地安撫著她，也決定讓小紀好好哭一場，讓她把心中的壓抑都發洩出來。

「我一定會抓到兇手的！我一定會爲麗莎抓到兇手的！」杜紀在淚眼中宣示。

嚴當然也想抓出兇手，麗莎的死，他的內疚不亞於小紀，只不過他不確定兇手不會再殺，所以現在還不是沉迷於自責或痛苦的時候。

「嚴，我要主動去和警方談，不必再找律師了，我想我坦承解釋說明一切，警方不會不經調查就爲難我的。」杜紀說。

「好吧，小紀，讓我陪妳去。」嚴嘆了口氣，這一切眞的像場噩夢。

7

「所以，杜小姐，妳是說妳抵達時，麗莎已經死亡了。如果是這樣，妳上樓時可曾遇到可疑的人下樓？」偵查員問。這個案子已經擴大爲連續殺人案了。

「沒有，我並沒有遇到任何人，不過你也知道，現場電梯有兩座，如果在我上樓時，有人搭另一部電梯下樓，我自然不會遇到。」杜紀回答。

麗莎住的地方是棟七層樓高的老建物，有電梯，但無管理員或大樓內監視器。

「妳抵達之後，爲何自己偷偷入屋？妳又是怎麼進屋的？」偵查員懷疑地問。

「我有先按電鈴。蓋瑞沒有說嗎？而且門沒鎖。」杜紀訝異地說。

「他沒聽見。雖然有可能是淋浴的水聲使得他聽不見外面的聲音，可是他說他確實不知妳何時進屋的。妳也沒有和他，或另一位室友安事先聯絡說要過去，不是嗎？妳爲何會出現在案發現場？甚至還戴著手套？」

「我在調查麗莎被攻擊的案子，我確實想偷偷進入她房間，去看看能否找出什麼可疑線索，我打算抵達後告訴麗莎的室友，假稱麗莎要我來幫她拿東西，但我不知道麗莎人會在那裡！」杜紀開始冒汗，她不知道自己誠實以對會不會讓她後悔。「我既然想偷偷潛入查看，自然是不希望留下任何痕跡妨礙警方辦案，所以我戴了手套。」

「而兇手也戴了手套！我們仔細搜過現場，雖然蓋瑞也很可疑，可是屋內也沒有任何手套！這妳怎麼解釋？」偵查員故意說謊，事實上，光是現場的廚房裡，就有一雙常見的清潔用的塑膠手套。

「廢話也不必多說，你們調過附近街上的監視器看過了嗎？如果有拍到，你們應該可以知道當天有些什麼人出入，說不定連兇手都拍到了。」杜紀一方面提醒警方，一方面也希望警方會無意中洩漏些情報給她，她不確定雄伯說的是眞的。

「如果我們有錄影帶，還會讓妳在此強辯嗎？妳還是乖乖地解釋妳的嫌疑吧。」偵查員警覺到杜紀並非普通資質，若再繼續用計套話，可能反而讓嫌疑犯察覺而巧妙避開，因此，立刻承認沒有監視器畫面反而能使命案現場無手套之說更爲可信。

「我能說什麼？私家偵探是我的職業，我有理由戴著手套，至於別人沒手套，我哪管得著，難不成叫我開倉救濟？」杜紀灰心地說。

「經過我們的調查，妳雖然當天腦震盪才出院，可是妳和麗莎有在醫院裡吵過架，而且這不是第一次了，妳們之前也是爲了同一個男人在爭風吃醋，妳是不是對她懷恨在心，所以失去理智把她殺了？」員警似乎愈來愈凶狠了。

「我沒有。這你問我男朋友就知道，我是他承認的女朋友，而麗莎只是……上過床，我何必對她妒忌吃醋？若要情殺也是她殺我才合理！」杜紀說。

「呵呵，可是妳男朋友似乎非常照顧她，還把她安置在自己家，天天接送上下班，她比妳年輕火辣，又是隻金絲貓，她還會與妳男友一同回美國去，何況妳還比妳男朋友老呢！我不相信妳會沒有一絲介意！」員警的口氣簡直污穢下流了，不過現在他們就是意圖刺激嫌疑犯，一舉攻破杜紀心防。

「嚴他……」杜紀本想說嚴愛她，可是她沒聽過嚴如此說過，雖然她能感受到，不過私人感受並不能拿來當事實說。「我相信嚴。」考慮後，她只簡單如此回答。

不過員警並不相信她。女人！女人的眼裡是容不下「麗莎」的！他相信那才是人性的自然。

「妳爲何會去調查情敵的受攻擊案？別告訴我，妳的心地寬大美好得像聖人！」員警繼續進攻。

「因爲嚴要去美國了，因爲我們所剩的時間是這麼少，因爲我愛他！所以我急著想把所有的事都儘快解決，好好地和他一起度過這最後的時光。我沒有時間了！我們沒有時間了！……」杜紀說到此，忍不住難過自憐地號啕大哭起來。她本來就沒有時間了，現在還是個嫌疑犯！

「妳何不把一切都說出來呢？這樣妳會好過一點。」員警輕拍了杜紀的肩，認爲現在是個讓犯人自白的好機會。他，終於等到這一刻了。

「我愛嚴！我愛嚴！我眞的好愛他！從來沒有人能像他一樣給我這麼多的感動，從來沒有人對我如此呵護，也從來沒有人留鬍子能像他一樣帥！從來沒有人爲我打過壞人……」杜紀吸了吸鼻涕又難過地說：「而我什麼都無法給他！除了把自己的能力當成禮物之外，我……」

接下來杜紀仍是不斷地告白她對嚴的感情，問話的員警從耐心收聽終於到達無可忍受！這女人只有滔滔自白了自己對男友的無盡情意，而沒有興趣自白殺人犯案。

「好了！好了！不要再說了！我們沒興趣聽妳的羅曼史，」

員警終於忍不住打斷她，「我們會繼續調查搜證的。妳最好不要抱著僥倖的心態！我們遲早會抓到妳的，就算是要花一些功夫，別以爲我們不知道妳心性狡猾！」

杜紀滿臉淚痕地走出來，不過看起來並沒有很傷心，她終於暢快詳盡地發洩了自己對嚴的情感，所以感覺有些輕鬆，嚴並不知道發生了什麼事，不過他讀得出小紀的神情並不憂傷，他捧著小紀的臉，細心地爲她擦眼淚。

稍早警方也有向嚴問話，不過時間並沒有持續那麼久，嚴證實他自己和麗莎有過一夜交歡，但並沒有持續下去，他對她也沒有男女之情，只有和她哥哥之情義上的責任，雖然讓麗莎住進他家，也接送她上下班，不過這些都只是爲了保護她的安危。他承認杜紀是他唯一的女友，也主動說出杜紀被攻擊的事件，不過，警方並不特別重視，他們覺得杜紀是在自導自演，目的只是爲了奪回男友的關注。

「妳還好嗎？」嚴還是和小紀再確認，他相信警方沒有給她什麼好臉色。

「嗯，感覺很神清氣爽！」杜紀笑了起來，有點覺得自己剛剛宣洩得很白目，不過眞的很暢快。「我想去找蓋瑞，問問他究竟是怎麼回事？他究竟有沒有聽見，甚至親眼看見麗莎進屋。」

「我私下覺得沈書林其實很可疑，妳難道沒有把他列爲頭號嫌疑犯？」嚴說出了自己心中的疑慮，也希望杜紀能對此人多加警戒。

「任何人都是頭號嫌疑犯。如果這件案子沒有急迫破案的必要，我當然願意慢慢來，但，講求效率和實證下，命案現場的價值還是更重於你我的猜測，就算它看起來不像捷徑。」

嚴笑了一下，「我眞是喜歡妳辦案的樣子。」

「噢，是你們！」蓋瑞應門，最近這裡客流量很大，光是警察和媒體就陸續來過很多次。

「蓋瑞，你們平常大門都不鎖的嗎？」杜紀問，她剛才按鈴之前已有檢查，門還是沒鎖。

「這裡不是我獨居而已，大家習慣都不好，我上次有和妳提過。沒人注意去鎖門也是其中之一，因爲誰都不知道自己是不是最後一個進屋，或是等會兒又有別人計畫要外出。」

「麗莎死亡那天，你有見到她回來嗎？」杜紀問。

「我先前，去洗澡之前確實有聽到有人進屋的聲音，我那時在房裡批改學生作業，沒有出來確認是誰。」

「你沒有聽到我按電鈴的聲音嗎？我那天進來之前，是有按鈴的。」杜紀說。

「妳自己可以去我浴室內打開水龍頭試試，看看妳是否聽得見按鈴聲。我眞的沒聽見！我也不知道妳會來，妳沒事先聯絡約好說要來。」

「你洗澡洗了多久？什麼時候開始洗的？距離你聽到有人進門的聲音多久之後？」嚴問。

「我改作業，聽見有人進門聲，不到一分鐘我就去洗澡了，我沒立刻去招呼回家的室友，是因爲我不想臭汗骯髒地出現，所以暫停工作先去浴室淋澡，洗了多久？我不太清楚，十分鐘？十五分鐘？」蓋瑞說。

「那在這之前呢？在這之前你還有沒有聽見有人進屋的聲音？或，早已有人在家的細小聲音？」杜紀追問。她想知道是否有可能麗莎早已回來，人在自己房間裡，而蓋瑞卻不知道。

「我是五點半到家的，進屋時沒看見任何人——這可能很正常，我們並不是人人一定都會出來和室友問安的，我不敢確定家裡一定只有我，如果麗莎那時已經在她房裡睡覺，我想我確實不會知道。而我大約是在六點左右聽見有人進屋，然後我去淋澡，就這樣。」

「聽著，這問題很重要。假設麗莎在你回家之前就已經在家，你聽到的入門聲有可能是兇手。入門聲之後呢？你是否有聽見任何打鬥掙扎的聲音？」杜紀問。

「我不知道，因爲我很快就進浴室打開水龍頭了，我不確定這種情況下聽不聽得見打鬥聲？我的意思是，歹徒也有可能一進麗莎房間就將她的嘴堵住，不是嗎？這樣再加上浴室水聲，我想我是聽不見的。」蓋瑞說，突然也推理起來，「或者那眞的是麗莎回來，而歹徒在我開始洗澡後才進屋，像妳自行進屋一樣，我也不會聽見。」

「這樣就很驚險了，他得在我來之前逃走，非常可能和我擦身而過！不過我沒遇到任何人，雖然我不肯定另外一架電梯是否同時有人下樓。」杜紀說。

「你們住在這裡，平時大家各自帶回來的朋友多不多？我的意思是，歹徒如果膽敢冒這樣的險，勢必也是得相當了解這邊的狀況，總要確定你們室友之間不是太關注彼此的聲響，才有把握這麼做。」嚴說。

「喔，這你是對的。我們大家確實經常帶各自的朋友回來，尤其是麗莎，當她這麼做時，或是我和安這麼做時，大家確實是會去忽視彼此製造的聲音。我相信常客就一定會察覺，這邊的狀態經常是如此。」

「這就難了，麗莎身邊的可疑嫌犯應該都來過吧，誰也無法排除嫌疑。」杜紀思索著。

「確實是如此。」蓋瑞肯定地回覆，「就算我當天有聽見麗莎房裡傳出聲音，只要不是太可疑，我也不會去確認的，不可能去不識相地去打擾她『辦事』啊！」

「你這裡眞的沒有塑膠手套嗎？」杜紀問。

「妳在說什麼啊？我和妳一樣都還是嫌疑犯！我們廚房有清潔用的塑膠手套，甚至我浴室就有一副，我刷馬桶浴缸時會戴。倒是妳，爲什麼那天會來？而且出現時會戴著手套？我還眞以爲妳是兇手呢！」蓋瑞說。

「也不瞞你了，我是打算偷偷進去查看麗莎的房間的，我想找找是否有任何幫助尋找恐嚇者或攻擊者的任何線索，而我當然不想留下自己的痕跡。只是沒想到，發現的，竟會是麗莎的屍體！」杜紀感嘆地解釋。

「但麗莎的房間警察都搜過了，畢竟之前妮可就已死在這裡，妳到底還要找什麼？」蓋瑞懷疑地問。

「我不知道，任何可疑的，也許我自認為有時和警方的關注力會不一樣。」杜紀說，「既然我現在已經在這裡，我還是想去看看麗莎房間。」

蓋瑞和嚴都沒說話，雖然隨意翻看別人的隱私並不是個好習慣，然而，現在麗莎已經死了，況且警察也搜過很多遍了，找出兇手應該比維護一個死人的隱私更重要吧？

麗莎的房間也是間有浴室的套房，現在已經很亂，警察搜過後並沒有怎麼收拾復原。

儘管如此，杜紀還是戴上了手套，她在書桌和書架附近花了最多時間，仔細看過所有紙片、書縫間、文件文具等等，都沒發現什麼可疑之處。

桌上的電腦還在，而且沒有關機，杜紀決定暫時不去碰觸。

她在衣櫃中找到一箱私人物品，裡面有一些紀念性的小東西，雜七雜八的照片，她一一看了照片，多數是麗莎和妮可的合照，她們倆顯然眞的是很親近的好友，而且外型確實極爲相似，若從背影看，眞的恐難分出誰是誰，難怪兇手會認錯！杜紀想。

照片中也有幾張是她和嚴在美國的合照，兩個人當時都很年輕，嚴那時就已經很帥了，而麗莎看起來還很清純，不像現在這麼野性美。

杜紀並沒有找到日記本之類的東西。

「我確實看不出有什麼可疑的東西。」杜紀宣布放棄，「不過，蓋瑞，請原諒我做個實驗，我能去你的浴室內放水聽聲嗎？你和嚴能到麗莎房裡大聲說話跺腳嗎？」

蓋瑞在嚴的指使下小心配合，杜紀在蓋瑞的浴室裡細聽，然而除了水聲之外，她眞的無法聽出什麼，就連嚴刻意去按的門鈴，也是若有似無地難辨。

「謝謝你的幫忙，蓋瑞，希望你不會不愉快。」杜紀說。

「我也很希望這件事趕快落幕，讓大家回歸平靜的日常生活。」蓋瑞就事論事地回應。

「那我們走吧。」嚴說，「小紀，明天一早 James 就抵達台灣了，在台期間他會住在我們那裡，我明早也要去機場接他，妳要一起去嗎？」

杜紀突然想起，嚴的客房應該也要檢查看看，麗莎額外的一些行李應該都還在客房。

「那我們回家吧，我等一下幫你打掃客房，但我明早就不和你去接機了，我得再去找雄伯，我想知道警方是否有在現場找到任何可疑線索。」

「好。」嚴回答。他並不是眞的那麼放心讓小紀一個人單獨行動，而是自從麗莎死後，他對自己發誓絕不讓同樣的事發生在小紀身上，所以他眞的僱用了個私人保鑣，而且這次是偷偷跟蹤保護杜紀的，杜紀並不知情。他不能再讓小紀有討價的空間，這是生死問題。

稍晚，杜紀假藉整理客房換床單，在麗莎的房裡順便四處搜，連垃圾桶都沒放過。

她果然找到兩樣東西：麗莎的雜記本和一些可疑的粉末。她暫時先偷偷將這些東西藏起來，沒有告訴嚴，以免嚴堅持要把麗莎的雜記本交還給 James 或警方。

不過她也還沒時間偷看，因爲她還是想先陪在嚴身邊，趁 James 還沒再度分走嚴的時間之前。

這一早，雄伯一看到杜紀的身影就急忙往後跑，不過杜紀視力很好，她也是還沒進到警局就已經看見青竹絲後退嚕。

「哥！不好了！我剛看見大嫂和一個男人十指緊扣在逛街！」杜紀大聲喊著。

不只雄伯停下來，警局所有的員工也都停下手邊事，看著雄伯，連一旁一個正在和警察爭辯的犯人，都立刻啞口無言了。

「不好意思，一定是誤會，我老婆是明星臉……」雄伯一邊尷尬地解釋，一邊粗魯地把杜紀快速地拉進審訊室，關緊門。

「妳不要破壞我家庭幸福，妳這個妖女。妳怎麼還不去結婚？」雄伯氣得頭上的五線譜都亂了譜。

「看到結婚後的下場是那樣，總是得再猶豫一下囉。我怕我以後也想再和別人十指緊扣哪，所以得再想清楚……」杜紀不慌不忙地說。

「不會，結婚好得很！有男人把妳服侍得好好的，讓妳無憂無慮，連皺紋都會自動消失，絕對不會讓妳想要再牽別人的手！尤其是妳家那位，我刑警做這麼多年到現在偵查隊長，我不會看錯。他絕對對妳情深義重、疼愛交加、永誌不渝，妳不必再想了，嫁他一定沒錯！還包生子！」雄伯一氣滔滔地說。

杜紀聽得心花怒放，難得雄伯也會講這麼動聽的話！差點讓她忘記自己是有求而來。

「可是你上次不是說我不要臉，連窩邊草都吃？我想想你的訓示也是很有道理，你是警察大人嘛！說的必定是人生箴言還是什麼的。」杜紀委屈地說。

「警察都是屁——壞人應付多了難免滿嘴沒好話，妳千萬不要讓妳那純潔的心思有陰影。」雄伯諂媚認罪。

「但是現在阻礙在我和我未婚夫之間的問題還沒解決，如果能順利解決了，我才能清白嫁給他。」杜紀苦情地說。

「小姐啊，我真的沒辦法再幫妳了！妳的嫌疑一次比一次重，妳別眞的害得我家破人亡啊！」雄伯自然是一直有在注意這件雙殺案。

「你果然都是屁，又再次露出你青竹絲的眞身！眞不知許先怎麼會被你的舌岔子迷惑，我只不過是要你給點線索，讓我早點無憾嫁人，你都不願意？我不知道你原來這麼捨不得你這個妹妹出嫁。」杜紀儼然已經相信自己是雄伯的親妹妹。

「警察也是要有原則的，親人犯過也是要大義滅親，妳過去再怎麼蠻橫不講理，至少妳也是淸白無干，但是這一次妳把自己搞成嫌疑犯，我沒興趣知道事實，但是這回斷斷不能再幫妳了。我確實知道妳男朋友家來頭本事都大，他可以組夢幻律師團隊助妳脫身不是問題，不過若是妳要再繼續查案，我只有堅定一句：愛莫能助。」雄伯鐵了心，又再補一句：「妳若要送我上斷頭台也隨妳，這次真的不是開玩笑的。」

杜紀整個心都沉了，她看得出來，雄伯這次是認真的。

「很好，我們就一起下地獄去看苦海吧。」杜紀起身，拉開門走了出去，她希望雄伯會緊張地留住她，但是雄伯沒有。

她只好無奈地走出警局。

杜紀一出警局，就有一個男人躲在一輛車後喊著杜紀。

「丕咻——小妞，過來！」

「我？」杜紀驚訝地指著自己問。

「我啦！」男人故意搔首弄姿一番，「當然是妳，不然還有誰，那隻貓嗎？」他指著地上一隻正在曬太陽的母貓。

「剛在警局有看見妳在和一個警察狀似吵架，妳是誰？哪來的？」男人說。

「無辜的逃亡殺人嫌疑犯——金波醫生！你？」杜紀覺得他不像壞人，不過她也沒興趣介紹眞實的自己。

「駭客任務——尼歐！」男人說。

他長得確實有那麼一絲像基努李維，年紀看來也和基努李維差不多，並不是什麼二十多歲的小男生。

「那你還不去拯救世界，在這裡幹嘛？」

「我是要拯救世界啊。妳想從警方那裡問什麼消息？」尼歐問。

「當然是洗脫我罪名的機密資料，不然是什麼？勸募跑路費嗎？」杜紀沒好氣地說。

「我可以幫妳。」尼歐自告奮勇。

「喔？你什麼目的？我除了金波醫生還主演神鵰俠侶喔，不能再和你演尼歐的崔妮蒂。」杜紀退一步懷疑地看著他。

「喔姑姑，妳就別睡在繩子上了吧，我和全民公敵有點恩怨，被請到警局警告，所以想報復而已。妳不要再在絕情谷底刻蒼蠅翅膀了，讓我尼歐來幫你吧，我能從地面飛到那棟樓頂。」

「好啊，飛來看看。」杜紀倒想知道這瘋子究竟要怎樣。

尼歐拿出一台筆記型電腦，很快連上無線網路，而且駭進警方的網路系統。

「現在妳想知道什麼？」尼歐問。

杜紀整個眼睛都亮了，光芒就像銀河系那般盛大。尼歐不禁多看了兩眼，他之前沒注意到眼前這女人是如此迷人。

「偵查報告！筆錄！我要看他們的辦案資料！」杜紀興奮地說。

「可以，姑姑眞實名字是什麼？」尼歐故意作勢闔上電腦。

「杜紀！杜鵑的杜，紀念的紀。求求你——」杜紀指著他的電腦。

「怎麼這麼奇怪的名字，有什麼因緣嗎？」尼歐現在對杜紀充滿興趣。

「我爸姓杜，我媽姓紀，我是他們愛的結晶，還有什麼更了不起的因緣？」杜紀說，眼睛還帶著整個銀河系，緊盯著尼歐的電腦不放。

「所以妳已經有個小楊過了？成親了沒？」尼歐繼續纏著。

「還沒，我現在就演到人在絕情谷底刻蒼蠅，行行好，助我一臂之力吧？尼歐！」杜紀說。

「換個地方吧？在警局面前還是不太好，抓到了是現行犯。」尼歐說著，這次毫不猶豫地闔上電腦，「我的車就在那邊。」他指著不遠處的一輛休旅車。

杜紀再次懷疑地看著他，開始想著，眼前的這個人出現得莫名其妙，說不定是壞人。甚至，搞不好是來殺她的。她怎麼會這麼笨！竟然被金光黨的伎倆迷住了！

她猛然轉身向後，拔腿就跑。

尼歐吃了一驚，但才一追上去，就被一個不知從哪兒冒出的壯漢打在地上，而且嘴巴立刻被貼上膠布，雙手立刻被銬在路旁的一輛車上。

緊接著，壯漢又去追拿回杜紀，他把杜紀和尼歐兩人都送上一輛廂型車，迅速駛離現場。

James 人已經到台灣了，不過因爲有時差的問題，現在在嚴的客房裡睡覺。

而嚴的客廳充滿了人氣，尼歐被綁在椅子上，私人保全先生還站在旁邊顧著，杜紀則虛榮地賴在嚴懷裡。

「你是誰？」嚴問著尼歐。

「我知道了，你就是楊過吧？恭喜你，你的姑姑真的很迷人，我不該和她搭訕。」尼歐說。

「你眞的只是個搭訕的人？」嚴問。楊過？姑姑？這個人的話令嚴覺得好笑，和小紀是同一國的，他想。

「我發誓！我確實是一時興起，因爲警方找我麻煩，我想回敬點小報復，剛好遇上你的姑姑，所以搭訕了她，如此而已，我是個隨性隨便隨和的人，但我不是眞想對姑姑怎樣。」尼歐說得很楚楚動聽。

嚴走過去鬆綁了他。

「很抱歉這樣對你，因爲最近連續發生了兩起兇殺案，我很擔心小紀會是兇手下一個目標，所以偷偷僱用了保全人員跟著她。」嚴解釋著，「你沒受傷吧？」

「還好，骨頭都還沒斷，帥氣也依然舊。」尼歐摸摸自己說。

「我是嚴。」嚴伸出手。他對尼歐印象其實不錯。

「林中遙，但大家眞的叫我尼歐。」尼歐也和嚴握手。

「很好，誤會冰釋了，我可以走了嗎？」尼歐問。

「嚴，不可以讓他走，他會駭進警察局的網路，而我迫切需要！」杜紀急忙喊著。

「你願意幫我們嗎？」嚴問著尼歐的意見。

「其實我是唬姑姑的，現在警察的偵查報告和筆錄等資料，已經不儲存於硬碟中了，因爲之前有發生過外洩事件，他們已經改變做法了，所以若是姑姑要這些資料，恐怕是沒辦法的……」尼歐誠實地說。

「那你幹嘛騙我上車？想報復警方的話，你如何給他人警方網路上沒有的東西？」

「到後面已經不是要報復警方了，就只是想把妹嘛，但這我都已認錯了啊。」

「好吧，那你可以滾了。」杜紀無情現實地說。

「謝謝姑姑！」尼歐告別嚴家，臨走前還是不忘多看了杜紀兩眼。

嚴也謝過保全人員，告知對方今天已經不再需要他的服務，保全也跟著離去。

不久，James 經過小睡之後，也起床了。

「哇！嚴，難怪你會對麗莎沒興趣，這個美人兒應該就是你的女朋友吧？」James 說。

「是，她叫杜紀。」嚴轉身對小紀介紹，「我的好朋友 James。」

James 和麗莎一樣有對藍眼珠，身材高大但不至於胖，穿著休閒，算是很典型的美國人。

「我很抱歉你妹妹的事。」杜紀說。

「嚴有向我大致說過你們調查的狀況，我想這完全不能怪你們，麗莎在台灣的生活超出我想像。雖然她在美國時，也是很享受她的人生，很愛和男生約會，可是對象沒有這麼複雜。我想她對自己的選擇是有責任的，這怪不了任何人。」James說，「我也很遺憾，她的人生才開始而已……」

「我一定會找出兇手的，James，這是我至少該能爲麗莎做的。」杜紀再次承諾，雖然目前的進度讓她心煩，今天還被山寨尼歐浪費了不少時間，不過她決定加快腳步。

趁著嚴和James在餐桌上聊天敍舊，杜紀偷偷回房閱讀麗莎的筆記本。

這並不是日記式的，裡面的內容都不是文章，只有偶爾出現幾句話，例如「得去向沈要更多補給」，杜紀開始覺得麗莎確實有在使用毒品了，而且來源就是沈書林。

她又繼續翻看，意外地發現其中一頁寫滿了重複的「我恨她」！她？她會是誰？黃遠婷？她杜紀自己？妮可？還是安？可惜這些字句都沒有附日期，而且看得出麗莎並不是依頁順序使用的，她是翻到有空白頁就寫。

然後，其中一頁還出現這樣的句子：路克，你下地獄吧！去死！

杜紀有點驚訝，她本以爲路克應該可以排除嫌疑了，現在看來似乎還是有再調查之必要。

接著，又出現：蓋瑞是個沒用的人，他暗戀妮可，卻利用我。

然後還有一則讓杜紀看了有點臉紅冒汗：嚴是眞正的男人，我要得到他。

然而那一頁的隔壁正寫著：杜紀，賤人！

杜紀瞬間眞想放棄查案，就讓她死得不明不白吧，反正她自己以前也承諾過佛祖和耶穌，也是毀約了，有什麼大不了的？

不過，後面空白頁之前的最後一頁，又讓杜紀的意志回來了：

You are dead! bitch!

這不是麗莎收到的恐嚇信內容嗎？

這會是打草稿或口頭禪嗎？麗莎終究是自己捏造恐嚇信，還是，眞的是有恐嚇信，而麗莎將恐嚇信的內容抄錄下來？

嚴果然一時又分身乏術了，儘管現階段重色輕友，他還是得幫忙 James 在台處理麗莎的後事。

杜紀非常在意麗莎的筆記本最後的內容，她想起麗莎租屋處還有電腦在，說不定可以查出什麼線索來——尤其，如果恐嚇信是麗莎自己列印的話。

想當然耳，就算是麗莎自己列印的，她也不會笨得將這恐嚇信存起來。所以杜紀又想起尼歐，尼歐應該有辦法從麗莎的電腦查出她列印的東西。雄伯固然是絕情不願伸出援手，倒是給了杜紀尼歐的連絡電話，以求個人一時之心安。

「小龍女——對我難以忘情吧？眞沒想到妳會找我。妳準備好做我的崔妮蒂了嗎？」尼歐還是一副不正經。

「耶穌！你幾歲的人了？怎麼還這樣四處發情？」杜紀白了他一眼，「我迷戀我的過兒！超愛他！而根據你的劇本，崔妮蒂是歪果人不是我這種東方美，但正巧，我正好在辦歪果人的案子，趕快幫忙來去救崔妮蒂吧。」杜紀雖然這麼說，而且她也確實深愛著嚴，不過內心一角也可惜著，這個人出現得太晚，要不然他的外貌和年紀倒是都很符合她的擇偶標準。

「妳的過兒果然武功高強得沒話說，連我都承認他很迷人。」尼歐看著杜紀說，「既然妳不和我私奔，那就是眞的要介紹崔妮蒂給我？」

「嗯……算是吧。」——只是崔妮蒂已死——杜紀決定隱瞞劇情，「不過依照劇情，你得先拯救世界，感情戲是後面的事。」

「崔妮蒂其實骨架有點大，」尼歐說著，眼睛還是離不開杜紀那片銀河，「如果妳有姊妹介紹給我的話，我寧願女主角給她演。」

「你先幫我，我就介紹，我上有一姊下有一妹，任君選擇。」杜紀當然沒姊妹，她只有雄伯這個山寨哥哥，不過，爲了目的她從不猶豫說謊詐欺。

「OK，電腦在哪裡？」尼歐看著一旁的保鑣，「他也去嗎？」

「當然，我的生命隨時可能有危險，帶著他我也安心。」

他們一行人由保鑣護送來到麗莎安和路上的住處，今天安在家，不過她開了門後就自行去做自己的事了，這陣子警察和媒體都來得頻，她已經疲乏麻痺，不想應付。

「就這台電腦，我要找出它曾列印了什麼，主要是列印的文字內容。」杜紀說。

「它有沒有關機過？」尼歐問，「最好是沒有，要不然沒經儲存的東西卻直接列印，可能比較難找。」

「我也不知道，你試試啦！我是電腦白痴，你解釋那麼多我也不會懂的。」杜紀催促他。

尼歐只在電腦上搞了一陣子，很快就說：「我相信妳要找的是這個：You are dead! bitch!」

「這台電腦眞的列印過這個？」杜紀興奮地問，眼裡的光芒也璀璨得驚心動魄。

「確實。這個人並不經常列印吧？事實上這台電腦好像也很久都沒動過了。」尼歐問，他希望杜紀的姊妹也有這麼一對眼睛。

「太好了，謝謝你！你眞是幫了我一個大忙了！」杜紀高興得無法自拔，「快幫我把證據弄下來或存起來。」

之後杜紀又訪問了安，證實室友們都不會去動或用彼此的私人電腦，因爲大家都有自己的，而且安似乎不可置信有人會想去偷看別人隱私，這在西方人的世界中，幾乎是不可原諒的。

杜紀等不及要和嚴討論她的發現。

下午，嚴和James也回來了。

杜紀得到較爲清楚的驗屍報告，麗莎是被現場的延長線勒斃窒息而死的，無其他外傷，生前也並未遭性侵，但體內有FM2毒品殘留。而現場和延長線上依然沒找到可疑指紋，估計兇手再次戴上手套作案。

「麗莎會吸毒嗎?眞教人不敢相信!」James對這結果仍然非常耿耿於懷,「說不定是被人偷下藥的!」

杜紀決定不再隱瞞,她拿出麗莎的雜記本和那一小包可卡因粉末。

「這是你來之前,我整理客房時,從麗莎的東西裡找到的。」杜紀說,她覺得家屬遲早要知道眞相。

James一邊翻閱麗莎的本子,一邊漸漸忍不住流下淚,他不敢相信自己的妹妹會變成另一個人。

「嚴,你知道嗎?麗莎是爲你才來台灣的……她一直都喜歡著你……我以爲你應該早知道。」James說到此已經泣不成聲,「都這麼久的朋友了,你怎麼會不知道……」

嚴直到這時才彷彿受到重擊!

他是有感覺麗莎可能喜歡他，可是他並不知道她會喜歡自己到這麼認真的地步。麗莎爲他來台，卻在這裡喪命……

嚴拍拍 James 的肩膀，並沒有說什麼，不過眼眶也泛紅起來。

「我很抱歉。」很久很久之後，嚴才說。

杜紀也呆在一旁，她當然早就覺得麗莎是爲了嚴來的，不過嚴並不是對這種事很敏感的人，而這一點，連只認識嚴幾個月的她都知道。

「James，你們都這麼久的朋友了，我也很訝異你竟這麼不認識嚴。」杜紀淡淡地說。

——難怪你也不認得你妹。她內心補充，但沒說出來。

James 驚訝地看著杜紀，不知該說什麼才好。

「抱歉，我多嘴了，可是我覺得你責怪嚴並不公平。嚴是我認識的人中最好的一個，即使是照顧被攻擊的我時，他也沒敢忘記麗莎，是麗莎自己把麥可弄昏逃走，才使得兇手有機可趁的。我無法眼睜睜地看嚴被你這樣傷害……」杜紀臉紅地說，「我知道你不捨你妹妹，但我也不捨得嚴。」

「嚴，請接受我的道歉！我真的……我想我確實……」James拚命想找字句，但嚴阻止了他的掙扎。

「別放在心上，James，我們是朋友。」嚴說。

當晚嚴和杜紀躺在床上，一起看著天花板上的星空。

杜紀也曾經希望麗莎死去，不過現在她多麼希望麗莎還活著。

這樣的話麗莎就能和嚴彼此好好談一談，甚至他們倆相戀都好，這都好過於現在的嚴。

嚴雖然盡力不讓自己的狀態影響杜紀，但杜紀看得出來，嚴已經去了一個她自己也碰觸不到的世界了。

麗莎可能自行列印威脅信這件事，杜紀更是直接就沒提，嚴已經在深深自責了，麗莎當初故意引起嚴的關注的這舉動，完全不須再來助一臂之力。

「嚴，你回來好嗎？」杜紀抱著嚴，試圖和他說話。

「小紀，謝謝妳！」嚴也回抱著她，「我會慢慢走回來的，不論花多久時間，不論我人在哪裡，我一定會爲妳回來的！再給我一點時間……」

我會等你的，我會一直等你回來，不論你去了哪裡……杜紀對著星空想著，直到自己睡去。

如果沒有人恐嚇麗莎，爲何麗莎結果還是被殺了呢？杜紀實在不解。

難道那封恐嚇信，是兇手在麗莎的電腦列印的？這也不是不可能，麗莎那個住處門經常沒鎖，大家來來去去，就算是路克或沈書林大方進入麗莎房裡，偷偷用了電腦和印表機，這也完全不是高難度的事。以蓋瑞和安那種漫不經心的個性，就算是看到麗莎這些朋友來，也不會有什麼懷疑的。

還有，蓋瑞本人也還是可疑，他的浴室就有塑膠手套，他確實可能殺了麗莎之後，假裝在洗澡。而且，妮可和麗莎死亡時，兩次他都有在家。

杜紀決定再向每個人問話，聊聊。甚至是黃遠婷，麗莎的雜記中「我恨她」的可能對象，現在還活著的，也只有兩個人了，不是黃遠婷，就是杜紀自己。杜紀已經決定排除安，因為一整頁的恨應該比恨安更恨。麗莎大不了只是和安偶爾吵吵小架而已。

嚴還在協助 James，所以杜紀只能帶著保鑣去查案，這是嚴不變的堅持。但是她覺得保鑣在旁給人壓力太大，恐怕沒人會想告訴她什麼，所以她要求保鑣躲起來。

杜紀再次來到黃遠婷和路克的家。

不過，在她上樓之前，她特地在管理員那裡藉故閒聊，暗中觀察住戶車輛進出狀況的監視器，她發現，監視器並不能清楚地看出駕駛人或乘客，同時，只要有人拖住管理員的注意力，管理員根本很難眞正確定誰有外出、誰沒外出，因爲車庫的門是由住戶自行遙控開關的，不需要管理員幫忙控管。

路克和黃遠婷之前的不在場證明，都依然有疑慮。

但這次要看看，麗莎死亡當天，他們是否有明確的不在場證明。

黃遠婷果然有聽從杜紀的建議，現在不但整個人年輕了起來，也有一個外傭帶著孩子去公園玩。

「我現在很幸福，謝謝妳。我和路克的婚姻似乎起死回生了，他對我很好。」黃遠婷神情愉悅地說，「妳的男朋友今天怎麼沒有一起來？」

「麗莎的哥哥來台了，正在處理麗莎的後事，嚴也在旁協助。」杜紀說。

「嗯，我看到新聞了，沒想到那個女人真的死了。」

「麗莎死的時間，妳有不在場證明嗎？」杜紀問。

「嗯，我和警方也說了，管理員能證實，我當時沒有外出，更沒靠近安和路。」黃遠婷說。

「可是我剛剛在樓下發現，如果妳是開車出去的，事實上管理員並不能真正證明什麼，他無法看見車子裡的人。」

「可是他可以看見那不是我的車！」黃遠婷微慍地說著。

「如果是妳老公載著妳呢?管理員也許認爲妳先生的確是外出了，但妳在家，他無法看出車子內有幾個人。路克當天傍晚也在家沒外出嗎?」

「他當天下班後，確實回家換衣服又出去，他和朋友有約，但我不在車上!」黃遠婷現在是極不高興了，「妳自己不也才是人在麗莎家?新聞有說，屍體是妳發現的。」

「沒錯，我確實在案發現場，極有可能才剛和兇手擦身而過。而且我還看過麗莎的記事本，滿滿的一張紙寫著恨妳，還咒路克死!這妳怎麼說?」杜紀當然是故意將麗莎的「我恨妳」賴在黃遠婷身上，賭它一把。

黃遠婷吃驚地看著她。

隔了好一陣子，她終於又開口:「她曾經威脅過路克，要把他們之間的關係告訴我……當然那時候我還不知情，我還不知路克和她有染。」

「她威脅路克什麼?她不可能想嫁給他吧?」杜紀又問,很慶幸自己套出這一段。

「她要路克每個月給她一筆開銷費,但是路克不肯付,所以路克自己回來向我坦承他們之間的關係,我雖然非常氣憤傷心路克的背叛,可是我當然還是原諒了他,而沒有讓這女人得逞,我想這大概就是她恨我的原因吧!」黃遠婷說。

「我聽說麗莎有沾染毒品,妳認為她要這些錢有可能是為了買毒嗎?」杜紀問。

「這我就不清楚了,我並不知道她要錢的目的,也沒興趣知道。」

「妳私下和麗莎接觸過嗎?曾找她談判什麼的?」

「沒有,我討厭麗莎,厭惡到連安和路都成為我的禁路了,我連巧遇她都不想，更別說自己會去主動找她談。我得知他們的事情之後，確實曾一度萬念俱灰，我能想到的只是我兩個孩子，而她們確實也佔據了我所有的時間，我也不覺得和麗莎有什麼好談的？我老公都向我坦白了，不管怎麼說，他的確無意支付麗莎任何費用，我相信他不愛她，這一點我是相信的，要不然他應該會給她錢。」

杜紀想想也有道理，不過她又記起一個細節。

「但，發生了這件事後，妳老公還是和麗莎上床，不是嗎？我相信妳的恨意應該比妳說的更多些。」杜紀說。

「我一開始就承認過我恨她，我想她也很恨我。所以即使計謀失敗後，她還是不在乎地繼續和路克往來，她就是要針對我！但我能說什麼？我眞的沒殺她！」黃遠婷近乎咆嘯地說，「我也沒去她住處，完全沒接近！」

杜紀離開黃遠婷之後，立即直接再去找路克，以免讓他們夫妻有時間互通準備，她想。

「嗨！杜紀，之前眞是謝謝妳啦！」路克高興地說。

而杜紀則輕微感到抱歉，今天她是出來獵兇的猛獅，自然不會再是個可人兒。

「路克，麗莎死亡之前你曾出門，你去了哪裡？」杜紀問。

「我和朋友有約，我們在Pub喝了幾杯。」路克說，「警察已經確認過了，我朋友也幫我做證了。」

「可是你和你朋友都沒告訴警方你微微遲到了吧？你家離麗莎住處不遠，而殺死麗莎只需要花幾分鐘時間而已。」杜紀覺得自己今天是採大膽政策。大概是知道有保鑣藏在暗處，反而讓她感覺十分想鬧事測試，她想。

「我確實是遲到了，但那是因為路上塞車，我沒有去麗莎那裡！」路克說。

「你知道嗎？我找到一本麗莎的記事本，上面寫著『路克，你下地獄吧！去死！』這你怎麼解釋？」

「呵！這證明她想對我不利，而不是我想對她怎樣。」路克果然是個有人生經驗的中年人，他沒輕易被嚇唬住。

「非常有可能，你知道麗莎住處大門向來都沒鎖，麗莎的室友們彼此之間也都漠不關心，所以你以和朋友之約做為掩護，先到達麗莎住處，快速地殺了她！憑你的力氣，這件事花不了幾分鐘，然後你又趕忙離開現場，繼續你接下來的行程。」杜紀仍沒放棄，「我膽敢說，你的後車廂應該有一副手套。」

路克的後車廂確實有一副手套，那是他為車子加機油用的，他有一台古董級的ＢＭＷ，那台車子也吃機油，所以他經常需要自行補添機油。

「但是任何人也都可能做得到。妳如果要誣賴我，最好找出確切證據。一雙手套不能代表什麼，我的手套內若有自己的指紋也很正常，而我根本連犯人是戴著手套行兇的，都不知道。」路克冷靜地說，「而且我現在深愛我的家庭，我從妮可過世後就沒再出入麗莎住處了！」

「之前，麗莎曾開口向你索錢，她要脅過你，這一點你爲何都隱瞞沒說？」

「我又不熱中當兇手，難道還會自己捧著祕密去要求警方懷疑嗎？這件事也早就解決了，我向妻子認罪，拒絕讓麗莎威脅，麗莎也不再有我的把柄，這還有什麼好說的？這件事情結束之後，我也不再有理由或動機要殺她。」

「那你知道麗莎要錢的目的嗎？」杜紀問，「她是否曾給過你毒品？」

「我不知道她要錢是想怎麼花，不過若是說到毒品，我也曾懷疑過她吸毒，但我沒關心她到想確認的地步。」

「你怎樣會懷疑她吸毒？她身上有針孔？」杜紀問。

「不，針孔我倒是沒發現過，但是曾見過她鼻孔附近有可疑粉末。」

「你呢？你莫非是因爲毒品才離不開麗莎？要不然當你解決了麗莎的威脅後，爲何還繼續和麗莎上床？」

「妳是瘋子，而我不想再和瘋子談話了。如果沒有任何確切證據，我要妳別再來煩我！」路克光火地起身離去。

杜紀認爲有必要再追淸楚麗莎吸毒的事，而這件事當然直指沈書林。

雖然有保鑣，但杜紀猶豫著是要讓保鑣繼續躲起來，還是站在她身邊？前者可能會使沈書林放鬆談話，可是她也很怕沈書林，若把保鑣放太遠，萬一自己有非常即刻的危險的話，她怕保鑣會來不及。

不過這個猶豫也很快解決了，她在回嚴家時，被尼歐堵到。

「妳的姊妹呢？妳這個不遵守約定的敗類，還有臉行走江湖嗎？」尼歐不滿地說。

杜紀看到尼歐之後，立刻決定讓尼歐陪她去找沈書林，讓保鑣繼續躲在暗處。

「我沒有忘記這個約定，但是我姊特地去日本買衣服了，我妹正在韓國爲你整容，所以你還要等一等。」杜紀說，「而你等待的時間，我可以先陪你。」

「怎麼覺得妳的話聽起來很不可靠？妳是不是在編故事唬弄

我？」

「喔拜託喔，從我們見面的第一刻起，我就像是個很正經的人嗎？我說話有時或許很有故事性，但是我小龍女有個楊過，這事證明不假吧？」

尼歐想了一想，決定暫時放過她，「妳說妳要先陪我，眞的假的？」

「行走江湖講的就是信義，當然是眞。」杜紀說。

當然，尼歐之前不會預料到，他們現在會坐在一個壞胚子家的沙發雅座上，喝咖啡談是非。

「我可不可以先告辭？地球看起來確實很危險……」尼歐小聲地問杜紀。

「所以要你在這裡啊！救世主尼歐。」杜紀回他。

「我以爲美女很癡情，沒想到這麼快身邊就換人了？眞是讓我又驚又喜。」沈書林說，一樣是那副吊兒郎當的樣子，「什麼時候輪到我，要抽號碼牌嗎？」

「那也得先輪到我吧？往後排去！」尼歐說。如果這是要排隊，當然不能讓人隨便插隊。

「你今天這杯咖啡有沒有吸毒？」杜紀問。

「放心吧，它經過勒戒了，我可不想把錢丟在妳的水壺裡。」沈書林說。

「你是不是供毒給麗莎？我有找到一包獨享包。」杜紀問，

「而且她筆記上也說要找你拿更多。」

「美女偷試過意猶未盡？我也只是接受團購代購而已，不過，美女如果願意，我們可以床上共享，這一點我倒是不小氣……」沈書林又邪惡地笑著。

「不是叫你要排後面的嗎？」尼歐又說。

「麗莎死時你人在哪裡，可有證人？」杜紀問。

「我早她一步去了天堂，就在妳現在坐的沙發上，而我當時的女伴也可以在天堂爲我作證。」

杜紀和尼歐瞬間都覺得如坐針氈，不自在地換了換姿勢，如果可能，甚至都想在沙發之上空蹲馬步。

「正式紀錄？警方有確定了嗎？」杜紀又問，她決定，如果沈書林的不在場證明已經是警方的正式紀錄，她就不繼續在這裡糾纏了。

「警方說我人在東區，但我實在沒印象。一定是爽得靈魂都分身出體了。」沈書林一邊回答還一邊吞奇怪的藥丸。

「你在東區哪裡，不會是很靠近安和路吧？」杜紀現在反而遺憾，她屁股下的沙發，不是他的酒池肉林。

「喔——美女吃醋了？可是我很久都沒去找麗莎了耶！我想

的是妳，也想找妳，可是又不知妳住哪兒。」沈書林調戲地說，還一邊開始把玩一把摺疊刀。

「後面空間大，也比較不擠，適合練刀。」尼歐再次含蓄提醒，他希望自己看來還夠禮貌。

「我當然住望夫崖上，你不必再想了。」杜紀斷然回答，「麗莎威脅過你嗎？你公然用毒這件事。」

「威脅我？她又不是瘋了說，失去我她怎麼爽？」沈書林不可置信地說。

杜紀還是決定不再和沈書林打太極拳了，因爲他已經開始在舔刀了！

至少，這一趟也不是沒收穫，他案發當天也在東區。還有，麗莎的毒品來源確定是他。

「不好意思，得走了，我下班時間到了。」杜紀說完立刻拉著尼歐起身。

兩人像逃亡似地離開了沈書林住處。

「武俠刀光血影的世界果然很可怕！」尼歐微喘著氣說，「這個專人爲何沒戲份？」他指著保鑣。

「他是伏在暗處伺機而動的後援，我以爲你科幻的世界應該也不差才是，你不是要後仰甩身躲子彈嗎？」杜紀也大喘著氣說。

「那畢竟是虛擬世界，不是眞刀眞槍。」尼歐說，「姑姑下次還是別陪我了，我會耐心等候著妳的姊妹的！」

8

杜紀回到家中後，發現只有 James 在家，他正在收拾打包麗莎的東西。

「嚴呢，他怎麼不在？」她問 James。

「喔，他去麗莎安和路那裡收拾麗莎的東西，警方說我們可以收了，我們剛才已經陸續移回來一部分，但嚴還得再跑一趟。」James 說。

杜紀正在考慮是否過去安和路幫嚴的忙時，James 又說話了：「小紀，謝謝妳那天那番話，它提醒了我，是我自己沒去了解嚴，我想，甚至連麗莎都比我更了解嚴是個怎麼樣的人。」James說。

這倒是眞的，杜紀想，麗莎確實更清楚嚴是個怎麼樣的人。

「你也別想太多，我們都愛著自己身邊的人，而這樣很好。」杜紀說，很驚訝自己也會安慰人，「我也來幫你打包吧！」

杜紀才剛開始幫忙封箱不久，突然間就聞到一股似曾相識的氣味。

她一陣頭暈目眩，立刻打開才剛貼上膠布的箱子。

麗莎的香水瓶在裡面。

「抱歉，James，我得再出門一趟！」

杜紀抓了包包就往外跑去，留下滿臉訝異疑惑的James。

「麥可，你照顧麗莎那天，你們去了哪裡？」杜紀一見到麥可就劈頭直問。

「喔，麗莎說她一時無法決定，要我暫時隨她的意開車，她突然說要轉彎我就轉……」麥可雖然訝異杜紀突然來訪，但是還是很老實地回答她的問題。

「你們最後是不是去到天母？」杜紀又問。

「妳怎麼會知道的？我們確實有去天母。」麥可驚訝地說，他曾聽說杜紀也在幫人算命，現在開始覺得她可能真的很厲害，應該找時間去讓她算算。「麗莎隨意胡亂東指西指，我也東繞西繞，她途中還一度要我在路旁停下來，讓她想一想。」

「是不是停在一個警局附近？」

「現在想來，確實好像是有個警局在那裡……」麥可認真地想。托了托他的眼鏡框。

「你們一直都在一起嗎？」杜紀緊張地問。

「是啊，後來我車子開到天母一個商場附近，她就說可以找地方停車了，然後我們走路去附近餐廳吃飯，之後又去了陽明山玩，一直都在一起。」

「她難道都沒有短暫地離開過你嗎，說要去洗手間什麼的？」杜紀追問。

「妳可眞是厲害了，我在商場附近找停車時，她確實說她尿急，要我自己先去停車，然後她就下車奔去找廁所了，不過她很快就又回來了。」麥可吃驚地說，「妳不會跟蹤我們吧？竟然料事這麼神！」

是你們跟蹤我，不是我跟蹤你們，你不知情而已！杜紀在心裡喊著。

攻擊她的人是麗莎！雖然她那天沒看見攻擊者，可是確實是有聞到一股淡淡的香味，她一直沒想起這件事，直到幫忙 James 封箱時，再次聞到那香味，才記起來。

麗莎為何要攻擊她？杜紀謝過麥可後就離去，留下滿臉不解的麥可，而此時，杜紀心中一樣充滿不解。

麗莎攻擊她，是因為她恨她嗎？那筆記上的「我恨妳」，指的是她杜紀……？

正在沉思時，電話突然響起，是嚴來電了。

「妳去了哪裡，我擔心死了，妳為什麼不先通知保鑣？」終於見到小紀入門，嚴忍不住追問，但是語氣中並沒有責備。

杜紀不知道該不該對嚴說實話？自從James的那番責備之後，麗莎似乎只能是個甜美深情的無辜死者，死者為大，她也是可以繼續給麗莎這個優惠待遇的。

「我去吃消夜，肚子餓了嘛，有人吃個消夜還帶保鑣的嗎？

我又不是大姊頭。」杜紀還是決定隱瞞，嚴對James有情有義，James也還是個會自省的好朋友。

「小紀，對不起，我……」嚴這陣子非常討厭自己，他罪惡感極深，對小紀也對麗莎。

「無條件接受道歉！」杜紀走過去抱著嚴輕聲地說。

然而，杜紀還是感到很寂寞，嚴的靈魂還在尋求麗莎的諒解，雖然她願意等到天人終於互通的那一天，可是現在她確實是孤單的，不再有隊友。

她突然想起亞倫，她想和亞倫聊聊，同是天涯淪落人，他應該也能理解她的心情。

所以她決定明天暫時放下偵查工作，去找亞倫。

亞倫的人生似乎真的毀了，杜紀很難過，他現在簡直就像個街頭的流浪漢。

「你眞的不回去上班了嗎？」杜紀問，她覺得亞倫如果能去工作，至少還能強迫自己保持人形。

「再說吧。妳怎麼樣？今天嚴怎麼沒和妳一起來？」亞倫問，他並不是眞的那麼想知道，只是找個話講。

「嚴他……麗莎的哥哥現在在台灣，所以他要協助 James 處理麗莎的後事。」杜紀說，「嚴現在也很自責，他知道了麗莎之所以會來台灣是因爲他，而麗莎卻在台灣死了，他覺得他自己有相關責任吧？」

「嚴怎麼那麼傻！他爲了保護麗莎的安危，將她接去你們家住，他對麗莎的照顧已經仁至義盡了。他不愛麗莎，是麗莎自己硬要跟著來台灣的，他怎麼那麼想不開。」亞倫嘆了口氣。

「你呢，你能想得開嗎？」杜紀溫柔地問著，「我們每人都有迷路的時候，而那也無妨，那不是什麼罪過。」

「我……我還不知道該怎麼活下去，甚至不知道自己還想不想活。」

「如果現在就知道了，那就不叫迷路了。」杜紀說，「再給自己一些時間吧，也不必急著做什麼決定。但是不要在不清楚之前，就輕易地把自己的可能性都關掉……」

「妳不用這麼擔心我，我還不確定自己有勇氣自殺。」亞倫露出一抹苦笑，「妳還在查案嗎？」

「嗯，不過始終沒有很明確的線索，我也走到了一個瓶頸。眞可惜，本來想和嚴好好度過他去美國之前的這段日子的，現在看來已經沒希望了。」杜紀說，「我搞得自己都還是個未脫罪的嫌疑犯呢，哈哈！」

「妳怎麼會在那時出現在兇殺現場？」

「我本來想潛入麗莎房間找線索的，但是結果你當然知道，我線索沒找成，反而發現了麗莎屍體。」

「眞沒想到麗莎也死了，甚至還和妮可死在同一個地方！……至少，妮可現在不會孤獨了吧？」亞倫又嘆了口氣。

「我也寧願相信妮可現在有麗莎陪，會過得不錯，但我希望你也能過得不錯，人都會死，總有一天你會再和妮可碰面的，在那之前，不要把生當死用，好嗎？」

「我盡力，謝謝妳。」亞倫努力擠出一個淡笑。

杜紀又和他再閒聊幾句，也就離去了，因爲保鑣還在樓下等。自從打算對嚴隱瞞攻擊自己的是麗莎的事後，雖然自知安全無虞，但她也只能依舊讓保鑣繼續陪下去。

9

James終於回去美國了，麗莎的遺物也都隨他回鄉，而遺體將由嚴隨後安排火化，並將骨灰帶回去美國。

杜紀仍是每天帶著保鑣四處去試圖問話，不過，幾乎所有的嫌疑者都不再樂意回答她的問題了，甚至包括向來較隨和、易交談的蓋瑞。

可是，杜紀覺得他最可疑，因爲她想了很久，覺得蓋瑞畢竟是所有的人之中，有最佳行兇機會的人，他就住在那裡，只要假裝在洗澡，連往外逃都不必。

他也是兩個姊妹花死時，兩次都確定在場的人。

況且，他們室友之間既然對彼此進出的聲響都不是很在意，為何她發現麗莎屍體的當時，蓋瑞會恰巧從他房間走出來？

他不是說，沒聽見她的門鈴聲嗎？而她自己在打開麗莎房門時，基於是偷闖行為，她是很輕聲的。

她決定，無論如何，要再和蓋瑞談談。

所以她又再次來到安和路。

「又是妳，能不能不要再來煩我了？我該告訴妳的都已經告訴妳了，連警察那邊我都沒有說得比較多！」蓋瑞一臉倦容地說。

「麗莎的筆記本有寫著『蓋瑞是個沒用的人，他暗戀妮可，卻利用我』，你能不能解釋一下？」杜紀問，盡力去忽略蓋瑞厭煩不耐的神情。

「我都說了，我確實比較欣賞妮可，我相信麗莎那麼敏感的人，應該也看得出來。她和妮可是好姊妹，自然知道我沒和妮可表白過，也沒和妮可上過床。

「而我和她上過床，她大概是因此而認爲我是在利用她，可是這是你情我願的事，我從來也沒強迫過麗莎，多數時候更是她自己來挑逗我，我不知道她那批評是什麼意思。」蓋瑞沒好氣地說。

「更何況，我確實曾經要和麗莎固定下來，是她自己拒絕我的。」蓋瑞又補充。

「你也說過，對於房客的進出聲響，你自己，甚至是你的室友們，大家都不太介意或關心，你也說你沒聽見我當天的按門鈴聲音，可是爲何在我發現麗莎的屍體時，你會剛好出來看？」杜紀問。

「天啊，妳不會眞的認爲我是兇手吧？我確實是沒有去迎接室友回家的習慣，也不太注意進出那些聲響，但我畢竟住在那裡。我當然可以隨意志自由地在我住處走動，難道我得一直關在自己房間內？我又沒自閉症！」蓋瑞說，「我無法解釋我當時爲何要出來，因爲這是我家，我走出房間或我去沙發上倒著，難道都必須要有動機嗎？」

確實沒錯，這再自然不過，杜紀想著。

而且蓋瑞依然可以說，因爲他就住在那裡，所以就算兩名死者都死在那裡，但又怎樣？那也是他家！

蓋瑞的身分眞的是太方便了，他也還是有可能利用這種方便和自然色，來做爲掩護。

問話似乎已經沒有多大用處了，如果對方就是不說。

杜紀開始懷疑這個案子永遠查不出眞相了。

「我很久沒回偵探社了，我今天想回去看看。」杜紀回家後告訴嚴，「說不定我的房子已經燒了，我還不知道。」

「好吧。但能不能還是讓保鑣跟著妳？」嚴說，臉上依然是十足愧疚的表情。不過因爲很憂鬱，杜紀還是覺得他很帥。

「好吧，我會讓他坐你的辦公桌。」

杜紀果然讓保鑣坐在嚴的辦公桌休息，她自己則關在會議室裡，回到菸與咖啡共舞的安康時光。她甚至想換回仙姑衣服，不過害怕保鑣會認不出她，而將她當成可疑人物，進而對她施展攻擊，所以考慮之後，她還是安分地穿著市民般得體的服裝，保平安。

杜紀閉目養神，她不停地回想這個案子的所有經過，以及哪些人說了哪些話。

恐嚇信非常有可能是麗莎自己製造的，然而，以她住處那種毫無防備的狀態，仍然無法肯定絕非他人。

麗莎攻擊自己這件事，她也只能當作是麗莎眞的對自己很妒忌，所以懷恨在心，那個「我恨妳」必然是針對她。

沈書林可以確定是麗莎毒品的來源了，麗莎死時體內還有FM2，到底是她自己服用的，還是沈書林強迫她呑食的？案發時，沈書林畢竟也在東區。

路克究竟和麗莎之間，還有沒有更多未被發現的祕密？

黃遠婷已經請了外傭照顧孩子，她是有更多時間能外出的，若眞的要逃離管理員的耳目離開住處，也不是不可能，路克當天和朋友相約，自然是不能再爲她作證。

而蓋瑞，最頭疼的蓋瑞，仍是有最佳良機和保護色……

杜紀不停思考回想。

好一陣子，她總覺得腦袋裡有個小雜音在那裡不停地吵著。

彷彿有個看起來很普通卻很重要的線索，一直被她不斷走過卻一直錯過。

她掙扎著要看清楚，卻仍無法看清。

正當準備放棄之時，保鑣敲了門。

「隔壁的太太來說，她幫妳收了掛號信。」保鑣說。

杜紀起身，無奈地走了出去，隔壁的太太人很熱心，不過十分長舌，她希望她不會難以送客。

「嘿，算命的，妳是去哪裡了？這麼久不見，門也沒有開，我還以為妳搬家了！」那位鄰居太太手上確實拿了一封掛號信，八卦地說，「電視也有來找妳耶！」

「我沒有搬家……」杜紀說到此，突然停下來，又看看身邊的保鑣。

「搬家，保鑣……我怎麼會沒想到！」杜紀興奮地喊著，這回眼中是帶著全宇宙的星星，「謝謝妳，太太，妳眞是世界上舌相最佳的人！」杜紀甚至高興地抱著她，用力親了她的臉。

「不過我得打個電話問麥可！」她自顧說著就拿起電話撥，但和麥可只說了兩句話就掛斷了。

「而我，是世界上最聰明的人！」杜紀自信驕傲地說著，「保鏢先生，我也超級感謝你，但你的任務眞的已經結束了，你幫了我大忙。你可以走了，我會和嚴先生說明的。」

接著杜紀就把所有的人推出去，再次關上門，她要去找嚴！

嚴在臥房中看著杜紀送的星空。

已經好久沒有獨自一個人，他突然覺得沒有小紀是如此寂寞。彷彿夜空失去了星星。

小紀是生，麗莎是死，兩人在嚴的兩側拔河。

嚴希望麗莎會原諒他，原諒他從來只把她當朋友，無法再更多……即使她死而復生，即使他更早就知道麗莎的情感，即使時間能倒退重來，而所有的奇蹟都發生，也無法使這個狀況改變。

該是時候甩掉麗莎緊抓著的手了。

小紀……他眞的好想小紀！想得心都快撕裂了。

他心疼小紀被自己如此對待，但他狂喜黑夜裡有如此星光。

嚴盯著天花板，他想他愛世界，他愛活著的感覺。

那裡有一片星空，星空的深處，有著小紀……

嚴突然從床上跳了起來，他關掉星空燈，拉開窗簾，下午的陽光打了進來，彷彿才剛天亮。

嚴看到天空上有著小小的三個字，是小紀的字跡：

我等你。

她用鉛筆寫在他的天花板上。藏在黑暗的星空之中。

嚴的心在喉裡跳。

眼淚搶走他的雙眼。

他爲小紀。

小紀終究是帶著他走回來了。

而且還將會在未來等著他。

「嚴，我找到麗莎的兇手了！」杜紀的聲音突然在他身後喊著。

嚴轉身一把就抱住她，「妳是個小笨蛋……」他激動地說，「謝謝妳。」

「什麼？我是天才好不好？我找到兇手了耶！」杜紀抗議。

但是嚴沒讓她說下去，他要把他們失去的甜蜜補回來。

10

「爲什麼？亞倫……是因爲麗莎殺了妮可嗎？」杜紀問。嚴在她的身旁。

亞倫先是吃了一驚，但很快又退回自己暗沉的影子裡。

「妳是怎麼知道的？」亞倫問。

「只有一直跟蹤麗莎的人，才會知道麗莎一直住在嚴家，卻死在自己住處之奇怪。」杜紀說，「媒體並沒有披露麗莎搬到嚴家裡住這件事，所有的嫌疑犯也都不覺得麗莎死在安和路住處有任何奇怪之處，他們的言語中都顯示，他們並不知麗莎搬了家，因爲麗莎本來就經常外宿，所以住在嚴家裡這一陣子時，連冷漠的室友都不知道麗莎原來已經搬走了。

「所有疑犯的談話中，完全沒有質疑麗莎爲何會死在那裡。甚至是有最佳機會的蓋瑞，他也對麗莎的行蹤一無所知，甚至還怕會打擾了麗莎辦事。

「知道麗莎住嚴家，且受嚴接送看顧的外人，只有警方和麥可，警方自然不會把麗莎的藏匿處洩漏出去，因爲他們知道麗莎的生命受到威脅，所以連媒體也只去過我偵探社外找我，卻沒去過嚴的新住處。而，這之後，麗莎因爲是死在自己安和路住處，警方和媒體自然還是一直只把焦點放在安和路兇殺現場，沒去在意關注過嚴的家。

「我也問過麥可，麥可也說他沒告訴任何人，可是你卻知道嚴收留麗莎，而且在『我們』的家！」杜紀說。

停了一會兒，她又接下去：「我發現麗莎屍體時，她才剛死，除了蓋瑞有隨機的機會之外，剩下的，也只有一直掌握她行蹤的人，且熟悉麗莎舊住處的狀況的人，才能冒這麼大的險，才能有這樣的機會。以前妮可也住在安和路那裡，你自然也知道房客間的冷漠情況。

「其他人不但不知道麗莎搬走住在他處，更不知道嚴像保鑣般地監護著麗莎，就算知道，在這種條件下，除了蓋瑞之外，別人是十分難下手的，除非另有一人是一直跟蹤著麗莎，一直在等待著機會到來……

「而這個人，從你的談話中可證明是你。如果你眞的對妮可的死，完全喪志到極點，在警方和媒體都沒有走漏消息之下，我不相信你會有任何心情，自己去查知麗莎住進嚴家，這麼無關緊要的事！

「你曾和我說過，嚴怎麼那麼傻，都已經爲了保護麗莎，讓麗莎住進『我們』家，他不該再自責了……」杜紀提示著說。

她內心非常遺憾，和亞倫這種友情的對話，竟會成爲他的一個致命傷。

一切短暫地靜了下來，杜紀和嚴都等著亞倫的回應。

「呵……沒想到我竟然會和麗莎犯了相同的錯誤。」亞倫終於苦笑著說。

「怎麼說？」杜紀問。

「妮可確實是麗莎殺死的，我殺麗莎，自然是爲妮可報仇。我之所以能發現麗莎是兇手，也是因爲她的話洩漏了只有我才能發現的玄機。」亞倫說，「妮可被殺後，我一直不斷重複又重複地回想著我和她之間的對話，我們的爭執……妳知道的，我很懊悔我們吵架，而她離去之後卻從此不回……

「剛開始我也不解，誰會殺了妮可？我也以爲妮可是替麗莎死的，她的生活和交友，是如此地單純。可是我想起妮可當天要去麗莎家之前，她是和我說，她順便想要去和麗莎好好談談，因爲麗莎和她之間也有些不愉快，麗莎似乎覺得妮可一直在學她、複製她，連她要回美國，妮可都還要繼續跟，妮可不希望自己和麗莎的友誼有裂痕，她想去和她談。

「而妮可的話讓我覺得，當天她是和麗莎約好的，麗莎會在住處和她一起過夜聊天。可是，案發後，麗莎竟有不在場證明，麗莎明明是和妮可約好了，她卻聲稱她早和人約了去淺水灣，妮可只是向她借住而已！而所有的人對麗莎的供詞也都沒有異議，甚至沒人起一絲懷疑，她和妮可究竟是約好相聚，還是只是借住？

「所以我開始懷疑麗莎，麗莎必定是早計畫了這個不在場證明，甚至早計畫了殺人，她故意說有人在恐嚇她的生命，讓妮可的死亡完全失焦。

「我懷疑在妮可死亡當晚，她用某種方式偷跑回安和路，殺了妮可又回淺水灣，她是參加一個轟趴，我相信那些吸毒嗑藥狂歡的人，沒有人會去在意什麼時候少了一個人，或是誰和誰跑去別的房間上床尋歡。尤其像麗莎這種類型的人，她若失蹤於人群間和別人在他處交歡，誰都會認定那很正常。

「但我沒有證據，我那時也還沒確定是麗莎，可是我開始跟蹤她，發現嚴來接她下班，她去住了嚴的家，嚴也每天送她上班，我很有耐心地一直跟著，反正我的生命也失去了所有興趣，只有找到妮可的兇手，才能使我覺得活著還有一點動力。

「有一天，我看見杜紀才剛出門，麥可就來接麗莎出去，而且他們的車竟然跟著杜紀，後來杜紀進了一家商場，麗莎下車尾隨，我不知道裡面發生了什麼事，我只看見麗莎很快又出來，卻沒見杜紀走出，但我的心思還是放在麗莎身上，我繼續跟著她和麥可，沒有去確認杜紀是否出狀況。這點我很抱歉，還好妳沒怎樣……」亞倫停下來問。

嚴聽了十分震驚，他沒想到攻擊小紀的，竟是麗莎！而他是讓麗莎住進來的人，他竟然把小紀置於危險之中。麗莎既然都能向多年好友妮可下手了，當然就更不會猶豫殺了小紀。

「還好沒怎樣，麗莎不知道用什麼東西敲了我的頭，把我拖進一間隔間的廁所裡，不過嚴很快就找到了我，把我送進醫院，還給我最高級的待遇。」杜紀看了看嚴，很滿意地說。

嚴此刻已經完全不再對麗莎有任何愧疚了，他心疼地看著杜紀，撫著她的頭，「傻瓜，被打成腦震盪還那麼開心嗎？」他小聲地說。

「我想妳也應該會沒事，因爲隔天，麗莎有去醫院，我自然還是跟著她，我很訝異她還有臉去杜紀病房裡大吼大叫，而這一切，更讓我覺得麗莎是個冷酷且有陰謀的人！

「所以當天我還是一直跟著她，直到傍晚，她顯然已經要回她自己安和路的住處，我在途中攔住了她，我質問她是否殺了妮可，她竟然笑著說妮可早該死，一輩子都想當她的影子纏住她，她受不了了，她要當唯一的一個麗莎，她不需要有個分身！她甚至承認，是她自己製造了恐嚇信，一個聰明的一石兩鳥之計，既可殺了形同自己分身的妮可，又能使嚴關懷照顧她，而別人也會相信妮可是被當成她而遇害的，妮可利用她這麼久了，是該付出一些版權代價了。

「我那時懷疑她是否瘋了，但她看起來只是吸食了迷幻藥之類的，像個醉漢一樣對自己的言語和理智失去控制，我相信她說的話，我相信妮可是她預謀殺害的。而她竟然說隨便我去報警，她不會承認的，警察也不會找到證據的。

「剎那間，我想起，她收到恐嚇信的事廣為人知，儘管我已知她是自導自演，但別人都還相信她的生命正被不知名人士要脅，以至於妮可之死的焦點，仍始終集中在麗莎身邊的可疑人事上。

「而我何不再反過來利用這點，為妮可報仇呢？麗莎若死了，別人只會相信兇手這次終於殺對人了。而警方也只會更確信，兩個兇殺案的起源都是源自麗莎！沒有人會懷疑早已經被排除嫌疑的我！沒有人會反過來質疑背景單純的妮可，及她身旁的人物的。

「我很快地尾隨她回家，並上樓，幸運地發現室友開始洗澡的聲音，而麗莎反正也已神智不清地躺在床上，連我出現她都沒意識，自導自演的她，當然知道根本沒人要殺她，她沒有戒心。

「我去她浴室戴上她的塑膠手套，用現場的延長線，毫不猶豫地把她勒死，驚訝她竟沒怎麼掙扎，一切都是這麼簡單……

「之後我迅速地離去，並無遇到任何人，而且把麗莎的浴室手套丟在我家附近垃圾桶。直到事後我才從新聞中發現，杜紀其實只差我一步就抵達了……

「但你們知道嗎？就算我當場被抓到，我也不會後悔的……」

亞倫坦承了一切。

這個案子終於結束了，亞倫還是決定去自首。

警方隨後也確實找到一位計程車司機，他證實曾經載過一個外國女子與返於淺水灣和大安路，對方說只是回家拿東西，請他在樓下等，然後又返回淺水灣。

當天參加轟趴裡的人，果然沒人注意到麗莎曾經離開。

沈書林坦承麗莎染有多項毒癮，而毒品的來源，則是由他透過他的朋友取得的。

杜紀也曾懷疑，爲何麗莎沒有殺死自己——如果她連好友都不猶豫地殺了。

關於這一點，亞倫是認爲，有可能是因爲麗莎和嚴都會很快回美國去，所以她只是給杜紀一點教訓，卻還不覺有急迫性要殺掉杜紀。但妮可處境不同，因爲妮可讓麗莎感覺礙眼很久了，而且妮可還想再隨麗莎回去美國，可能這對麗莎來說，更是個永遠無法擺脫的影子吧。

亞倫還認爲，那些「我恨妳」應該是針對妮可的。

總之麗莎已死，誰也無法求證了。

一切謎題，只能算是這樣解決了。

不過，時間是殘酷的，嚴再過兩天就要去美國了。

「小紀，妳想不想和我去美國？」嚴詢問杜紀，他早已決定帶杜紀一同去，如果她願意。

「我想我會留在台灣等你回來。」杜紀說。她還是希望自己有些事做，而不是在美國悶得發慌，每天找嚴的麻煩。

嚴多少有些失望，不過杜紀的決定還是最重要的，他永遠尊重她。

「任何時候，妳需要我時，我都會隨時爲妳回來的！除此之外，我也想留幾樣東西給妳。」

嚴拿出鑰匙和一張卡片，「這間房子妳可以自由使用，這張卡也是，任何時候妳想我，妳也隨時都可以提款買機票飛來看我。」

「那萬一我想買衣服呢？」杜紀笑著問，「或是去拉皮什麼的。」

「沒問題，妳完全可以自由使用。」嚴回答。那是嚴過去投資所賺的錢，並非家裡的庇蔭，他完全願意把自己所有的，都給杜紀。

「你不怕我變成人工大美女，然後變心，捲款而逃嗎？」杜紀問。

「我只要妳幸福，即使妳愛的對象不是我。而且妳已經很美了！」嚴說。然後又把杜紀抱在自己懷中。

他大概很難再如此愛一個女人了吧？他想。

「嚴……我……」杜紀很想聽嚴親口說愛她，就算只是愛一時，可是她又問不出口。自認是個成熟的女性，她不應該覺得愛非得掛在嘴邊說不可，她能感覺到嚴的愛，這樣就夠了。「沒什麼，算了。」

「小紀，是什麼？告訴我，我一定為妳完成。」嚴熱切地注視著著杜紀，他想給她的，想補償她的，太多太多了。

「我愛你。」杜紀說，「我只想讓你知道。」

嚴深情喜悅地緊擁著杜紀，他眞怕自己不想離開她，無法離開她……

在機場送別了嚴，杜紀強忍著不讓自己流下淚，她早已經開始想他。

杜紀堅強地走出機場，要自己想著天下種種最可怕的鬼或屍體，來分自己的心。

「嗨，小妞，有空去喝杯咖啡嗎？」一名男子在後面叫著。

杜紀轉身，「尼歐？你怎麼會在這裡？」她驚訝地問。

「我是來接妳姊姊的機！她今天該回國了吧？」尼歐說，然後又笑著繼續說：「是妳的過兒事先打電話給我，要我過來彩衣娛親的！他要我爲他顧好妳的笑容。」

杜紀突然陷入迷惑。

「喔，妳別誤會，他不是要把妳推給我，他可是有強烈威脅過我，不可以對妳動歪腦筋。除非，妳自己愛上我，或我有把握能給妳全世界的幸福，至少要超越他給妳的。哼！這小子可眞自信自傲啊！」尼歐趕緊對杜紀解釋。

結果杜紀反而忍不住地哭了，「嚴值得這麼自傲的！因爲他確實做到了！他給我的幸福，無與倫比……」

「結果我任務立刻失敗了！」尼歐不知如何是好，「嘿，妳應該要很高興才是吧？連我接到過兒的電話時，都非常訝異世界上竟有如此細心體貼的男人！」

「我是很高興啊，高興也會哭的。」杜紀同步哭笑著說。

而且她一路北上都持續著邊哭邊笑，沉浸在自己的世界，也不和尼歐說話，尼歐簡直嚇壞了，眞怕這個女人發瘋失智了。

回到她和嚴的家，杜紀躺在床上想念嚴，嚴已經把星光燈帶走了，他說他要好好保留珍惜杜紀的承諾，他說小紀的承諾是他的回程機票。

杜紀突然才想起，不知道嚴是否已看見她天花板的字？她急忙起身，站在床上往上看。

她的承諾還在。

而旁邊，也多了兩個嚴寫的字！

她又笑著哭了，對著嚴給她的字……

「愛妳」。

（全文完）

妒忌私家偵探社：活路

張妙如◎著

定價二三〇元

內容簡介

在嘈雜的士林夜市大廟口，有著一間不顯眼的私家偵探社……一個邋遢脫線精明強悍的女偵探，一個熱情有餘經驗不足的帥哥助理，這兩個人上天下地偵辦各式各樣的奇案。這是一套節奏奇快、充滿好笑情節的偵探小說，每一本爲一個獨立的故事，由兩位主角串連整個系列小說。

在《活路》當中，委託人宋先生的妻子因農藥中毒身亡，宋先生被列爲警方頭號嫌疑犯，宋先生因而委請杜紀協助偵查以洗脫罪嫌。在調查的過程中，隨著證物抽絲剝繭，宋先生的嫌疑卻愈來愈重，可是如果他眞的是嫌犯，爲何會主動請求調查？

妒忌私家偵探社：鬼屋

張妙如◎著

定價二〇〇元

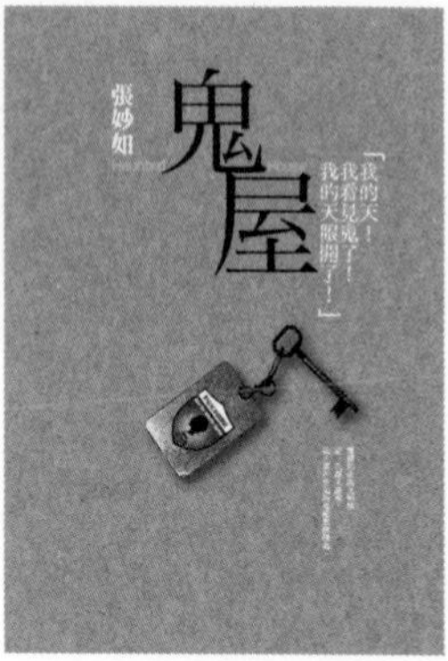

內容簡介

天不怕地不怕的女偵探杜紀有個罩門，她怕鬼！但是最近疑似「開了天眼」，老是瞧到不該看到的東西，且更在此時她接到一個恐怖奇案——據新聞報導有這麼一棟豪宅，凡是入住的屋主，必定以上吊自殺做收，現任屋主為了查出眞相，聘請杜紀調查。重利所驅，愛錢如命的杜紀只好硬著頭皮深入鬼屋驚悚辦案。

到底人嚇人恐怖，還是鬼嚇鬼破膽？陰風森森，尖叫連連，卻又八卦搞笑的偵探小說，令人欲罷不能。

妒忌私家偵探社 : 姊妹花之死 / 張妙如著 ;
-- 初版. -- 臺北市 : 大塊文化, 2010.10
面 ; 公分. -- (Catch ; 169)
ISBN 978-986-213-202-9(平裝)

857.81 99018096

妒忌私家偵探社

Miss Doe Detective Agency

since
2010

妒忌私家偵探社

Miss Doe Detective Agency

since 2010

妒忌私家偵探社

Miss Doe Detective Agency

since 2010

妒忌私家偵探社

Miss Doe Detective Agency

since

2010